문학과지성 시인선 500

내가 그대를 불렀기 때문에

오생근 조연정 엮음

문학과지성사

문학과지성 시인선 500
내가 그대를 불렀기 때문에

초판 1쇄 발행 2017년 7월 10일
초판 9쇄 발행 2024년 5월 10일

엮 은 이 오생근 조연정
펴 낸 이 이광호
펴 낸 곳 ㈜문학과지성사
등록번호 제1993-000098호
주 소 04034 서울 마포구 잔다리로7길 18(서교동 377-20)
전 화 02)338-7224
팩 스 02)323-4180(편집) 02)338-7221(영업)
전자우편 moonji@moonji.com
홈페이지 www.moonji.com

ISBN 978-89-320-3027-2 03810

이 도서의 국립중앙도서관 출판예정도서목록(CIP)은 서지정보유통지원시스템 홈페이지(http://seoji.nl.go.kr)와 국가자료공동목록시스템(http://www.nl.go.kr/kolisnet)에서 이용하실 수 있습니다. (CIP제어번호: CIP2017015514)

문학과지성 시인선 500

내가 그대를 불렀기 때문에

오생근 조연정 엮음

시가 우리를 직접 구원하지는 못하더라도
시가 있음으로 해서 누군가의 삶이
전혀 다른 것이 될 수도 있다는 믿음만은
포기되지 않으면 좋겠다.
—조연정 발문, 「우리가 시를 불렀기 때문에」에서

내가 그대를 불렀기 때문에

차례

황동규 조그만 사랑 노래 11
나는 바퀴를 보면 굴리고 싶어진다 12

마종기 바람의 말 13
우화의 강 1 14

김영태 결레 16
등신같이 18

최하림 나는 너무 멀리 있다 20
빈집 21

정현종 떨어져도 튀는 공처럼 23
사람이 풍경으로 피어나 24

김형영 꽃구경 25
노루귀꽃 27

오규원 지는 해 28
강과 둑 29

신대철 우리들의 땅 30
극야 37

조정권 신성한 숲 1 39
매혈자들 44

이하석 투명한 속 45
폐차장 46

김명인 동두천 1 48
침묵 50

장영수 동해 1 52
시가 나에게 내리는 소리 54

김광규 영산 55
작은 사내들 56

고정희 지리산의 봄 1 59
수의를 입히며 61

장석주 붕붕거리는 추억의 한때 63
크고 헐렁헐렁한 바지 64

박남철 지상의 인간 66
주기도문, 빌어먹을 68

김정란 시와 힘 70
나의 시 72

문충성 제주바다 1 74
묘비 76

이성복 1959년 78
남해 금산 80

최승호 세 개의 변기 81
자동판매기 84

최승자 삼십세 86
즐거운 일기 87

김혜순 또 하나의 타이타닉 호 88
한 잔의 붉은 거울 91

김정환 사랑 노래 2 93
구두 한 짝 94

황지우 게 눈 속의 연꽃 95
어느 날 나는 흐린 주점에 앉아 있을 거다 98

박태일 미성년의 강 100
구천동 103

최두석 노래와 이야기 104
춘열 양반전 105

남진우 죽은 자를 위한 기도 106
가시 108

황인숙 나는 고양이로 태어나리라 109
슬픔이 나를 깨운다 111

기형도 빈집 113
정거장에서의 충고 114

장경린 사자 도망간다 사자 잡아라 116
다음 정류장이 어디냐 118

김윤배 설레임만이 당신과 나 하나이게 120
아름다운 재앙 121

송재학 얼굴을 붉히다 123
별을 찾아 몸을 별로 바꾸는 이야기가 있다 125

송찬호 구두 127
동백 열차 129

허수경 혼자 가는 먼 집 131
불우한 악기 132

장석남 새떼들에게로의 망명 134
저 많은 별들은 다 누구의 힘겨움일까 136

유 하 바람 부는 날이면 압구정동에 가야 한다 6 137
세운상가 키드의 사랑 2 140

김휘승 꼬리가 있었다는데 142
사람? 144

조 은 나무는 뿌리 끝까지 잡아당긴다 145
무덤을 맴도는 이유 146

채호기 지독한 사랑 148
못 149

김기택 바늘구멍 속의 폭풍 150
틈 152

나희덕 사라진 손바닥 154
땅 속의 꽃 156

차창룡 똥은 계급의 첨예한 반영이다 157
우리들의 찌그러진 영웅 159

이정록 개똥참외 161
의자 163

박라연 서울에 사는 평강공주 165
무화과나무의 꽃 166

함성호 56억 7천만 년의 고독 168
봄내, 거기서 나는 죽어도 좋았다 170

이윤학 구더기의 꿈 172
잠만 자는 방 173

이진명 집에 돌아갈 날짜를 세어보다 174
여름에 대한 한 기록 179

김중식 아직도 신파적인 일들이 182
이탈한 자가 문득 184

최정례 레바논 감정 185
햇살 스튜디오 188

조용미 삼베옷을 입은 자화상 190
꽃 핀 오동나무 아래 192

박형준 달팽이 194
나는 이제 소멸에 대해서 이야기하런다 195

김태동 푸른 개와 놀았다 198
내 영혼의 마지막 연인 204

이 원 나는 클릭한다 고로 나는 존재한다 206
전자 사막에서 살아남기 위해 210

김소연 극에 달하다 212
끝물 과일 사러 215

이수명 얼룩말 현상학 216
고양이 비디오를 보는 고양이 218

성기완 서시 220
46 빈손 221

문태준 누가 울고 간다 222
가재미 224

이장욱 정오의 희망곡 226
당신과 나는 꽃처럼 228

김선우 내 몸속에 잠든 이 누구신가 230
아욱국 231

이기성 열정 233
손 234

김행숙 친구들 236
이별의 능력 238

진은영 일곱 개의 단어로 된 사전 240
서른 살 242

이성미 네가 꿈꾸는 것은 243
나는 쓴다 244

김이듬 세이렌의 노래 246
일요일의 세이렌 247

하재연 라디오 데이즈 248
일요일의 골동품 가게 250

발문 우리가 시를 불렀기 때문에 · 조연정 251

시인 소개 259

조그만 사랑 노래

어제를 동여맨 편지를 받았다.
늘 그대 뒤를 따르던
길 문득 사라지고
길 아닌 것들도 사라지고
여기저기서 어린 날
우리와 놀아주던 돌들이
얼굴을 가리고 박혀 있다.
사랑한다 사랑한다, 추위 환한 저녁 하늘에
찬찬히 깨어진 금들이 보인다.
성긴 눈 날린다.
땅 어디에 내려앉지 못하고
눈뜨고 떨며 한없이 떠다니는
몇 송이 눈.

황동규, 『나는 바퀴를 보면 굴리고 싶어진다』(1978)

나는 바퀴를 보면 굴리고 싶어진다

나는 바퀴를 보면 굴리고 싶어진다.
자전거 유모차 리어카의 바퀴
마차의 바퀴
굴러가는 바퀴도 굴리고 싶어진다.
가쁜 언덕길을 오를 때
자동차 바퀴도 굴리고 싶어진다.

길 속에 모든 것이 안 보이고
보인다. 망가뜨리고 싶은 어린 날도 안 보이고
보이고, 서로 다른 새떼 지저귀던 앞뒤 숲이
보이고 안 보인다. 숨찬 공화국이 안 보이고
보인다. 굴리고 싶어진다, 노점에 쌓여 있는 귤,
옹기점에 엎어져 있는 항아리, 둥그렇게 누워 있는 사람들,
모든 것 떨어지기 전 한번 날으는 길 위로.

황동규, 『나는 바퀴를 보면 굴리고 싶어진다』(1978)

바람의 말

우리가 모두 떠난 뒤
내 영혼이 당신 옆을 스치면
설마라도 봄 나뭇가지 흔드는
바람이라고 생각지는 마.

나 오늘 그대 알았던
땅 그림자 한 모서리에
꽃나무 하나 심어놓으려니
그 나무 자라서 꽃피우면
우리가 알아서 얻은 모든 괴로움이
꽃잎 되어서 날아가버릴 거야.

꽃잎 되어서 날아가버린다.
참을 수 없게 아득하고 헛된 일이지만
어쩌면 세상의 모든 일을
지척의 자로만 재고 살 건가.
가끔 바람 부는 쪽으로 귀 기울이면
착한 당신, 피곤해져도 잊지 마,
아득하게 멀리서 오는 바람의 말을.

마종기, 『안 보이는 사랑의 나라』(1980)

우화의 강 1

사람이 사람을 만나 서로 좋아하면
두 사람 사이에 물길이 튼다.
한쪽이 슬퍼지면 친구도 가슴이 메이고
기뻐서 출렁거리면 그 물살은 밝게 빛나서
친구의 웃음 소리가 강물의 끝에서도 들린다.

처음 열린 물길은 짧고 어색해서
서로 물을 보내고 자주 섞여야겠지만
한세상 유장한 정성의 물길이 흔할 수야 없겠지.
넘치지도 마르지도 않는 수려한 강물이 흔할 수야 없겠지.

긴말 전하지 않아도 미리 물살로 알아듣고
몇 해쯤 만나지 못해도 밤잠이 어렵지 않은 강,
아무려면 큰 강이 아무 의미도 없이 흐르고 있으랴.
세상에서 사람을 만나 오래 좋아하는 것이
죽고 사는 일처럼 쉽고 가벼울 수 있으랴.

큰 강의 시작과 끝은 어차피 알 수 없는 일이지만

물길을 항상 맑게 고집하는 사람과 친하고 싶다.
내 혼이 잠잘 때 그대가 나를 지켜보아주고
그대를 생각할 때면 언제나 싱싱한 강물이 보이는
시원하고 고운 사람을 친하고 싶다.

마종기, 『그 나라 하늘빛』(1991)

걸레

자나 깨나 K는 소줏병만 그린다
화살표를 긋는 것도 그의 장기에 든다
출입구가 막히면 화살표는 통로
시든 영혼 같은 자주紫朱꽃도 그리고
걸레도 그린다
가로세로 몇 센티
목탄木炭으로 줄을 긋고 숫자를 기입한다
걸레 같은 얼굴로 걸레만 그린다
걸레 같은 세상이라 걸레만 그리는지?
아니, 부삽도 그린다
비에 젖은 국방색 봉투
연결 불능인 코드선線
찌그러진 고물 가방
신호 불통인 전화기는
딱정벌레처럼 피부가 매끄럽다
닿을 수 없는 창窓도 그린다
(숨을 몰아쉬기 위해, 창문은 열려 있다)
?
물음표도 집어넣고

입을 벌린 채 옆구리가 잘숙 불거진 대봉투는
브론즈 조각이다
우산을 많이 그려서
구석에 세워두고
그는 쉬기 위해 점선點線을 따라간다
입구入口를 빵빵 돌다가 곧장
뻗어버리는 걸레!
이 시대는 이를 갈아도 갈다가
산소가 필요하다 걸레!

김영태, 『여울목 비오리』(1981)

등신같이

네거리
양쪽 길모퉁이에
나무로 깎은
마네킹들이 서 있다
건너편 골목에도
모자를 쓴 동자童子 눈이
살같이 빠르다 화살같이
사람들이 사람들이 사람들은
시들고 있다
뜬구름 밑에 꽃집만
백열등白熱燈을 켜놓고
어제 머리를 푼 꽃이
웃는 걸 보았다
손을 흔들더니
가슴을 가위로 오려내던
부끄러워하던 꽃의
흰 살에 멍이 들고
분무기로 뿌린 물이 유리에
비가 내렸다
바로 건너편 횡단보도

우체통에 아무 말도 안 쓴
엽서가 우표딱지 10원을 달고
부지런히 날랐다
10원 가고
오는 데 10원
너 잘 있니? 그래, 고맙다
고맙니? 너도 건강해라
그리고 그리고 그런데
구두 가게, 믹사 기계
후루겔 피아노, 음식점 일억조一億兆
한일자로 다문
입들이 걸어다녔다
지붕 밑을 지나갈 땐
빠르게
여기야, 이봐 여기
꾸물대긴 옥수수나 사 먹자
빨리 건너 오라니깐, 등신같이!

김영태, 『여울목 비오리』(1981)

나는 너무 멀리 있다

날이 흐리고 가랑비 내리자 북쪽으로 가려던 새들이 날기를 멈추고 서 있다 오리나무숲 새로 저녁은 죽음보다 조금 길게 내리고 산 밑으로는 사람들이 두엇 두런두런 얘기하며 가고 있다 어떤 충격이 없이도 사람의 모습은 아름답다 바람도 그들의 머리칼을 날리며 그들식으로 말을 건넨다 바람의 친화력은 놀랍다 나는 바람의 말을 들으려고 귀를 모으지만 소리들은 예까지 오지 않고 중도에서 사라져버린다 나는 그것으로 됐다 나는 너무 멀리 있다 나는 유리창 너머로 마른나무들이 일어서고 반향하며 골짜기를 이루어 흘러가는 것을 보고 있다 나는 모두를 알 수 없다 나는 너무 멀리 있다 새들이 다시 날기를 멈추고 시간들이 어디로인지 달려가고 그림자들이 길 위에서 사라지는 것을 나는 보고 있다 이제 유리창 밖에는 새도 나무도 보이지 않는다 유리창 밖에는 유령처럼 내가 떠오르고 있다

최하림, 『굴참나무 숲에서 아이들이 온다』(1998)

빈집

초저녁, 눈발 뿌리는 소리가 들려
유리창으로 갔더니 비봉산 소나무들이
어둡게 손을 흔들고 강물 소리도 숨을 죽인다
나도 숨을 죽이고 본다 검은 새들이
강심에서 올라와 북쪽으로 날아가고
한두 마리는 처져 두리번거리다가
빈집을 찾아 들어간다 마을에는
빈집들이 늘어서 있다 올해도 벌써
몇 번째 사람들이 집을 버리고 떠났다
집들이 지붕이 기울고 담장이 무너져 내렸다
검은 새들은 지붕으로 곳간으로 담 밑으로
기어 들어갔다 검은 새들은 빈집에서
꿈을 꾸었다 검은 새들은 어떤
시간을 보았다 새들은 시간 속으로
시간의 새가 되어 들어갔다
새들은 은빛 가지 위에 앉고
가지 위로 날아 하늘을 무한 공간으로
만들며 해빙기 같은 변화의 소리로 울었다
아아 해빙기 같은 소리 들으며

나는 유리창에 얼굴을 대고 있다
검은 새들이 은빛 가지 위에서 날고
눈이 내리고 달도 별도 멀어져간다
밤이 숨 쉬는 소리만이 눈발처럼 크게
울린다

최하림, 『풍경 뒤의 풍경』(2001)

떨어져도 튀는 공처럼

그래 살아봐야지
너도 나도 공이 되어
떨어져도 튀는 공이 되어

살아봐야지
쓰러지는 법이 없는 둥근
공처럼, 탄력의 나라의
왕자처럼

가볍게 떠올라야지
곧 움직일 준비 되어 있는 꼴
둥근 공이 되어

옳지 최선의 꼴
지금의 네 모습처럼
떨어져도 튀어오르는 공
쓰러지는 법이 없는 공이 되어.

정현종, 『나는 별아저씨』(1978)

사람이 풍경으로 피어나

사람이
풍경으로 피어날 때가 있다
앉아 있거나
차를 마시거나
잡담으로 시간에 이스트를 넣거나
그 어떤 때거나

사람이 풍경으로 피어날 때가 있다
그게 저 혼자 피는 풍경인지
내가 그리는 풍경인지
그건 잘 모르겠지만

사람이 풍경일 때처럼
행복한 때는 없다

정현종, 『나는 별아저씨』(1978)

꽃구경
—따뜻한 봄날

어머니, 꽃구경 가요.
제 등에 업히어 꽃구경 가요.

세상이 온통 꽃 핀 봄날
어머니 좋아라고
아들 등에 업혔네.

마을을 지나고
들을 지나고
산자락에 휘감겨
숲길이 짙어지자
아이구머니나
어머니는 그만 말을 잃었네.
봄구경 꽃구경 눈 감아버리더니
한 움큼씩 한 움큼씩 솔잎을 따서
가는 길 뒤에다 뿌리며 가네.

어머니, 지금 뭐 하시나요.
꽃구경은 안 하시고 뭐 하시나요.

솔잎은 뿌려서 뭐 하시나요.

아들아, 아들아, 내 아들아
너 혼자 돌아갈 길 걱정이구나.
길 잃고 헤맬까 걱정이구나.

김형영, 『다른 하늘이 열릴 때』(1987)

노루귀꽃

어떻게 여기 와 피어 있느냐
산을 지나 들을 지나
이 후미진 골짜기에

바람도 흔들기엔 너무 작아
햇볕도 내리쬐기엔 너무 연약해
그냥 지나가는
이 후미진 골짜기에

지친 걸음걸음 멈추어 서서
더는 떠돌지 말라고
내 눈에 놀란 듯 피어난 꽃아

김형영, 『낮은 수평선』(2004)

지는 해

그때 나는 강변의 간이 주점 근처에 있었다
해가 지고 있었다
주점 근처에는 사람들이 서서 각각 있었다
한 사내의 머리로 해가 지고 있었다
두 손으로 가방을 움켜쥔 여학생이 지는 해를 보고 있었다
젊은 남녀 한 쌍이 지는 해를 손을 잡고 보고 있었다
주점의 뒷문으로도 지는 해가 보였다
한 사내가 지는 해를 보다가 무엇이라고 중얼거렸다
가방을 고쳐 쥐며 여학생이 몸을 한번 비틀었다
젊은 남녀가 잠깐 서로 쳐다보며 아득하게 웃었다
나는 옷 밖으로 쑥 나와 있는 내 목덜미를 만졌다
한 사내가 좌측에서 주춤주춤 시야 밖으로 나갔다
해가 지고 있었다

오규원, 『길, 골목, 호텔 그리고 강물 소리』(1995)

강과 둑

강과 둑 사이 강의 물과 둑의 길 사이 강의 물과 강의 물소리 사이 그림자를 내려놓고 있는 미루나무와 미루나무의 그림자를 붙이고 있는 둑 사이 미루나무에 붙어서 강으로 가는 길을 보고 있는 한 사내와 강물을 지그시 밟고서 강 건너의 길을 보고 있는 망아지 사이 망아지와 낭미초 사이 낭미초와 들찔레 사이 들찔레 위의 허공과 물 위의 허공 사이 그림자가 먼저 가 있는 강 건너를 향해 퍼득퍼득 날고 있는 새 두 마리와 허덕허덕 강을 건너오는 나비 한 마리 사이

오규원, 『새와 나무와 새똥 그리고 돌멩이』(2005)

우리들의 땅

"×제국주의자들을 물러가게 하라! ×제국주의자들의 앞잡이인 ×도당들의 독재를 때려 부수어라!"

"자유 없이는 행복도 없습니다. 자유는 제2의 생명입니다. 주저하지 말고 야음을 통해 비무장지대로 몸을 숨겼다가 날이 아주 밝아졌을 때 국군 초소로 오십시오. 총구를 땅에 향하고 흰 헝겊이 있으면 흔드십시오."

풀어진 몸, 김이 모락모락 난다.
낡은 지뢰탐지기를 선두로
도로정찰조가 들어온다.
조금 비 개인 날,
모래들은 산山 밑에 하얗게 씻겨 있다. 강물굽이를 돌아나온 놀란 물새 떼, 안개를 강가로 몰며 하나씩 안개 속으로 사라진다.

그날 밤 늦게 남방한계선 철책문을 열고 들어섰을 땐 뻑뻑하여 말 안 듣던 팔다리, 열쇠 채우는 소리 땜에 앞으로 앞으로만 내디뎌야 했다. 총부리를 정신없이 돌리다 보면 바람 소리, 작은 밤짐승, 안개 자욱이 밀리는 소리, 별똥이 시끄럽게 떨어지고 있었다. 지뢰표지판이 길을 안내하며 좁혀들고 있었다. 결승전 스포츠중계같이 열띤 어조로 밤새 방카와 골 속까지 뒤흔들던 대남 방송 스피커 소리, 되풀이, 막 펼쳐진 아침밥 짓는 연기에 젖어도 부드럽게 들리지 않던 그 억양.

또 무지개가 뜬다, 둥그런 무지개
저 둘레 속으로 뛰어들고 싶구나.
강기슭에서 은은히 피어 올라
군사분계선을 덮고
산과 산 사이를 까마득히 잠겨놓은 안개가
제 몸을 비틀어 짜내 띄워놓은 무지개
유난히 빨강 파랑이 두드러진 저 무지개 속엔
어른어른 그림자가 비친다.

무지개는 누구의 혼인가? 저 자리서 죽은 자와 죽은 자를 기다린 자가 이제 만나 손잡고 윤무輪舞를 즐기는가? 왜 저 자리서만 떠야 하는가? 자세히 보면 볼수록 내가 볼 땐 내 그림자만 네가 볼 땐 네 그림자만, 이상하다,

우리들이 한데 어울려 박자를 맞추려 하는 동안 갑자기 춤은 멎고 다시 한 겹 벗겨지는 안개, …………강물은 푸르다. 저 푸름이 온 산에 가득 안개를 씌우는 걸까? 강물은 우리들의 군화를 적시며 흐르기만 했다, 끊임없이. 바람이 잔물결을 이리저리 몰고 다니며 쓸어낼수록 더욱 푸른 물가엔 조용히 물고기 떼들이 나와 놀고 있었다. 마주, 중태기, 꽃붕어, 징거미, 아 산고기. 불길하다. 잡으면 꼭 놓아줘야 하는 산고기, 산 그늘진 데를 닮은 물속에 놓아줘야 하는 산고기, 불길하다. 하필 이 강에 산고기가 그리 많을까? 좀 깊은 물속에선 무릎이 떨어지고 가랑이가 찢어진 군복하의들이 물이끼에 감춰져 있고 쭈그러진 수통, 뼈들. 녹슨 쇠붙이며 탄피, 종이돈, 각종 불발탄들. 화약낸지 풀낸지 가려내기 어려운 고리타분한 냄새들이 발길에 채어 흩어지곤 했다. 불내, 어디선가 불내가 난다. 후욱 끼쳐오는 불내, 불똥이 튀기고 토끼 노루똥이 젖은 채 타는 냄새. 탁 타닥 나무껍질 타는 소리, 실탄 터지는 소리, 거무튀튀했다. 연기 속에 날름날름거리던 불길, 순식간에 산 하나를 잡아먹고 꿈틀거리며 북방한계선 목책 있는 데로 불쑥 방향을 틀던 불길. 시뻘겋게 솟구쳐

오른 불꽃. 하나 둘 셋 넷 불꽃에 흠뻑 취해 있을 때 쾅쾅, 쾅쾅, 산산조각 나던 우리들.

멀리서 들리는 다이너마이트 터지는 소리
산, 산, 산. 군대軍隊
몇 조각 구름들이 뭉쳐서 산 밖으로 몰린다.
능선들은 시퍼렇게 위장되어 까져 있고
토굴 속에 들어가선 나오질 않는 군용차들,
모래 운반차? 군용차? 그리고 무슨 차들일까?
아침엔 구보병력이 보이고 연달은 기합, 조포훈련, 소리 치면 한 번 이상 응답하지 않는 사람들.

바람이 분다. 바람이 분다
우리들 옆 GP엔 나지막한 산들
싱싱하게 깃발이 펄럭거린다.
깃발이 살아 있었구나, 우리들 말고 깃발도 살아 있었어…… 친구여, 보고 싶다. 2km 내의 너를 만나는 데 6개월론 모자라구나. 네 앞산 우물길에 사람이 나타나 있다. 우중충하다. 사람, 무장된 사람. 간밤 총소리는 오발이라구? 자발적이었다구? 늘 들어도 네 목소리가 그립구나. 산도 배경으로 만들고 싶다. 고집도 가려진 네 얼굴, 코마저 작게 보인다. 포대경에 잡히는 허탈하고 어색하게 웃는 네 얼굴. 나무들이 점차 가을로 돌아서는 것도 잊고 딸딸이를 들고 포대경을 들고 마주 보며 바보같이 웃는 우리들. 생生이란 무엇일까? 적? 죽음이란? 적? 땅이란? 이념이란?

잠을 좀 자야 한다.

총을 휴대한 사람들에겐 꿈이 차례가 오지 않는 잠,

며칠째 개꿈도 들지 않는다. 신경만 뿌릴 잡는다. 물차는 아직 오지 않고 있다. 담배 한 대, 자기 매질, 무조건 용서, 무조건 체념, 꿈이 갖고 싶다.

초가집이 두어 채 양지 쪽에 쓰러져 있다.

그 옆에 황색 팻말이 주위를 황색으로 물들인다.

팻말이 군사분계선을 말해주고 있을 뿐,

낯익은 풀꽃들이 팻말에 기대어 피어 있었다. 산길은 강 가까이 이를수록 희미했다. 마을 골목터엔 박쥐가 날고 웬일로 울지 않던 매미, 매미는 사람 있는 마을에서 사람을 보며 우는가? 이 마을 사람들은 신발과 밭을 버려두고 나룻배를 부숴놓고 지금 어디서 무얼하는가? 갈대밭이 된 과수원, 봄이면 갈대밭에 흐드러지게 피는 복사꽃, 아아, 우리들과 여기서 임시 헤어진 자여, 내내 무사하라.

무사하라, 발목이 떨어져 지뢰밭에 뒹굴던 얼굴들
몇 푼의 휴가비를 만지작거리며 혹은 흔들던 웃음들
맞출 수 없이 흩어진 사진 조각들, 편지 글귀들
죽어서 지뢰표지판 하날 남긴 사람들
죽어서 오래오래 잠들 수 있고 오래오래 무사한 사람들

제대 특명을 기다리며 군대 때가 묻은 생각들을 산병호에 강 쪽에 내버리며 햇빛 고참병들도 보급차 편에 사라진다.

산병호에 어둠이 스며든다.

깊은 한밤에만 사람이 다니는 길,

산길 도처에 조명지뢰를 설치하며 클레이모어 위치를 확인하는 사이 우리들은 어느새 군인軍人이 되어 있다,

완전한

　하루가 가고

　갈라진 땅에서 또 하루

　스스로 갈라진 군대로 만나는 우리들, 한국인들.

신대철, 『무인도를 위하여』(1977)

극야
—개마고원에서 온 친구에게 1

서울이나 평양에서 오지 않고
사우스 코리아나 노스 코리아에서 오지 않고
우리가 어린 시절 맨 처음 구릉에 올라 마주친 달빛을 눈에 가슴에 다리에 받아와 꿈을 뒤척이던 그 금강 그 개마고원에서 온 날은 구름에 살얼음이 잡히고 광륜을 단 두 개의 달이 마주 떠 얼음 안개 속을 스치는 화살 다리를 비추고 있었던가요.

화살 다리* 그 아래
낮은 판잣집 지붕 밑에서 에스키모들은
술과 마약과 달러와 민주주의에 취해 잠들어 있었고
우리는 빙평선을 사이에 두고 무엇을 찾으려 했던가요.

그날 나도 모르게 다가가 어디서 오셨느냐고 묻자 당신은 '개마고원요' 하고 얼어 있는 나와 갑자기 내 뒤에서 저절로 맞춰진 우리의 환한 얼굴까지 함께 보았지요. 그때 나는 비로소 우리가 서로 환월幻月이었다는 것을 깨달았습니다.

우리는 잠시 한 얼굴로 극광을 보면서 광륜을 단 두 개의 달을 굴려 극야에서 주야로, 다시 백야를 향해 가고 싶었던가요.

극야를 넘어 67일째, 마침내
15분간 떠 있던
금강에서 개마고원에서 동시에 떠오른 해.

* 에스키모 설화에 의하면, 외로운 별과 눈을 맞추면 잡혀간다고 한다. 한 아이가 아버지 말을 어기고 별과 눈을 맞춰 별나라로 잡혀갔다. 아버지는 아들을 찾아오기 위해 별을 향해 무수히 화살을 쐈다. 날아가는 화살 꽁무니에 화살을 쏴 화살 다리를 만들고 그 다리로 별나라에 올라가 마침내 아들을 구해 왔다.

신대철, 『개마고원에서 온 친구에게』(2000)

신성한 숲 1

여느 새벽보다 일찍이 수레를 끌고
숲으로 나갔다.
어둠이 걷히지 않은 하늘 위에는
희미한 하현달이 사위어가고
별은 구름장에 가려져 있었다.
동이 트기에는 이른 시간이었다.
내 당나귀가 간밤 늦게까지 실어나른
곡식들과 함께 곯아떨어져 있었으므로
나는 어둠 속에서 살결을 쓰다듬으며 깨웠다.
소나무 껍질같이 거칠어진 잔등.
당나귀는 몇 번인가 새벽 공기 속으로
입김을 불며 흰 꽃을 피워내고 있었다.

여느 새벽보다 이른 새벽이었다.
내 당나귀는 이상히 생각하리라.
먼동이 트고
쓰러진 잿빛 구름 기둥 틈 붉은빛 움틀 때
주인을 따라 수레를 끌었으므로.
하늘에는 잿빛 구름장이 빠르게 이동하고

언 호수에는 새벽별이 박혀 있었다.
얼음의 거울에서 수없이 눈 깜짝하는 빛.

어둠 속으로 나 있는 샛길은
아무도 들어가보지 않은 길처럼
충만하고 은밀하다.
수없이 다니던 길이었다.
하지만 전혀 한 번도 다니지 않은 길처럼
빛이 감돌고 있었다.
낯익은 길도 첫길처럼 느끼는 수도 있으리라.

착한 대지의 딸들인
길들아.
저 숲속에서도
길들이 일어났구나.
착한 내 딸들아.
착한 내 딸들아.
빛을 마중 나왔구나.

수레에 실은 곡식들의 예쁜 잠이
흔들리지 않도록
나는 조심스레 당나귀를 데리고 갔다.
숲으로 가는 언덕은 언제나 자갈길
내 당나귀가 몇 번을 울었는지
모든 희미한 빛이 지상에서 더욱 고요해지는
그 시각에 울음을 멈췄으므로
숲은 더욱 적요하고 고요했다.
공손해라, 가까이 왔다.
저 숲의 고요를 관장하는 그분에게
방정맞은 네 울음이 들려
고요를 깨워놓지 않도록.

숲은 청빙清氷하고 고요했다.
내 늙은 수레바퀴가 돌부리에 걸려
풍금 소리를 냈으므로
나는 사방 숲을 향해 수없이 사과를 하며 지나갔다.
조용해라,
어진 수레야, 네가 배운 공손함을 그분께 보여라.

먼 길을 가깝게 귀 대고 듣는 너희의 귀에
그분의 고요가 깃들이면
영혼은 즐겁게 자갈길을 노래하리라.

숲 가운데로 들어서자 언 호수에서 빛이 일어서고 있었다.
어둠 속에서 밤새들이 언 공기를 털어내며
깃을 움츠린
그때 새벽별이 눈을 깜짝거렸으므로
나도 눈 깜짝이며 미소를 보냈다.
이제 조금 있으면 동이 트리라.
날개가 무거워 땅에 끌리는 육신들이
천상天上의 노동에 참여하는 첫 일과는
움트는 빛을
착한 딸들과 함께
미리 마중 나가는 일.
나와 너희들은 수레에 실린 곡식을 내리며
천상에서 터지는 징 소리를
처음처럼 맞이하리라.

숲은 비밀스러운 부름이 있는 곳.
붉은빛이 나래 치는 바윗가에서
부름 소리를 들으리라.
그 소리가 귀에 닿기 전 회리바람이 불어
앗아가는 일은 없으리라.
하지만 기다리는 육신에게
신은 언제나
묵언默言으로 말할 뿐.
새벽빛 같은 눈짓으로
묵시默示할 뿐.

여느 새벽보다도 일찍이 별들은
광채에 싸인 숲길에 나타났고
내 착한 딸들은 먼저 나와 있었다.
나는 숲 가운데 언 호수를 지나
그분을 찾아갔다.

조정권, 『신성한 숲』(1994)

매혈자들

그들은 제각기 얼어붙은 몸으로 찾아와 병원 침대에서
한 삼십 분 정도 누워 있다가
삼삼오오 짝을 지어 선짓국 집으로 몰려왔다
사골뼈 대신 공업용 쇼팅 기름을 쓴
이백 원짜리 국밥을
바닥까지 긁어 먹었다.
개중에는 아편을 사듯 소주 반 병을 시켜 먹고 의자 뒤로 스르르 주저앉아 못 일어나는 이도 있었다
적십자병원 뒤 영천靈泉시장
말바위산이 올려다보이던 어둠침침한 밥집에서
서로 등 돌리고
서로의 밥에다 가래침을 뱉는 그 바닥.
갈 곳 없는 심연 속을 그들은 걸어 내려갔다
제각기 몸을 등잔으로 삼고 어두움 속으로.
육신에 가둬놓은 영혼의 어둠이 견딜 수 없이
몸을 누르고 눈을 봉할 때
그들은 다시 와서 피를 뽑았다.

조정권, 『신성한 숲』(1994)

투명한 속

유리 부스러기 속으로 찬란한, 선명하고 쓸쓸한
고요한 남빛 그림자 어려 온다, 먼지와 녹물로
얼룩진 땅, 쇳조각들 숨은 채 더러는 이리저리 굴러다
닐 때,
버려진 아무것도 더 이상 켕기지 않을 때.
유리 부스러기 흙 속에 깃들어 더욱 투명해지고
더 많은 것들 제 속에 품어 비출 때,
찬란한, 선명하고 쓸쓸한, 고요한 남빛 그림자는
확실히 비쳐 온다.

껌 종이와 신문지와 비닐의 골짜기,
연탄재 헤치고 봄은 솟아 더욱 확실하게 피어나
제비꽃은 유리 속이든 하늘 속이든 바위 속이든
비쳐 들어간다. 비로소 쇳조각들까지
스스로의 속을 더욱 깊숙이 흙 속으로 열며.

이하석, 『투명한 속』(1980)

폐차장

폐차장의 여기저기 풀죽은 쇠들
녹슬어 있고, 마른 풀들 그것들 묻을 듯이
덮여 있다. 몇 그루 잎 떨군 나무들
날카로운 가지로 하늘 할퀴다
녹슨 쇠에 닿아 부르르 떤다.
눈비 속 녹물들은 흘러내린다, 돌들과
흙들, 풀들을 물들이면서. 한밤에 부딪치는
쇠들을 무마시키며, 녹물들은
숨기지도 않고 구석진 곳에서 드러나며
번져나간다. 차 속에 몸을 숨기며
숨바꼭질하는 아이들의 바지에도
붉게 묻으며.

나사들은 차체에서 빠져나와 이리저리
떠돌다가 땅속으로 기어든다, 희고
섬세한 나무 뿌리에도 깃들며. 나무들은
잔뿌리가 감싸는 나사들을 썩히며
부들부들 떤다. 타이어 조각들과
못들, 유리 부스러기와 페인트 껍질들도

더러 폐차장을 빠져나와 떠돌기도 하고
또는 흙 속으로 숨어든다. 풀들의 뿌리 밑
물기에도 젖으며, 흙이 되고
더러는 독이 되어 풀들을 더 넓게
무성하게 확장시킨다.

이하석, 『투명한 속』(1980)

동두천 1

기차가 멎고 눈이 내렸다 어둠 속에서
번쩍이는 신호등
불이 켜지자 기차는 서둘러 다시 떠나고
내 급한 생각으로는 우리들도 어디론가
가고 있는 중이리라 혹은 떨어져 남게 되더라도
저렇게 내리면서 녹는 춘삼월 눈에 파묻혀 흐려지면서

우리가 내리는 눈일 동안만 온갖 깨끗한 생각 끝에
역두驛頭의 저탄 더미에 떨어져
몸을 버리게 되더라도
배고픈 고향의 잊힌 이름들로 새삼스럽게
서럽지는 않으리라 고만고만했던 아이들도
미군을 따라 바다를 건너서는
더는 소식조차 모르는 이 바닥에서

더러운 그리움이여 무엇이
우리가 녹은 눈물이 된 뒤에도 등을 밀어
캄캄한 어둠 속으로 흘러가게 하느냐
바라보면 저다지 웅크린 집들조차 여기서는

공중에 뜬 신기루 같은 것을
발밑에서는 메마른 풀들이 서걱여 모래 소리를 낸다

그리고 덜미에 부딪혀 와 끼얹는 바람
첩첩 수렁 너머의 세상은 알 수도 없지만
아무것도 더 이상 알 필요도 없으리라
안으로 굽혀지는 마음 병든 몸뚱이들도 닳아
맨살로 끌려가는 진창길 이제 벗어날 수 없어도
나는 나 혼자만의 외로운 시간을 지나
떠나야 되돌아올 새벽을 죄다 건너가면서

김명인, 『동두천』(1979)

침묵

긴 골목길이 어스름 속으로
강물처럼 흘러가는 저녁을 지켜본다
그 착란 속으로 오랫동안 배를 저어
물살의 중심으로 나아갔지만 강물은
금세 흐름을 바꾸어 스스로의 길을 지우고
어느덧 나는 내 소용돌이 안쪽으로 떠밀려 와 있다
그러고 보니 낮에는 언덕 위 아카시아 숲을
바람이 휩쓸고 지나갔다, 어둠 속이지만
아직도 나무가 제 우듬지를 세우려고 애쓰는지
침묵의 시간을 거스르는
이 물음이 지금의 풍경 안에서 생겨나듯
상상도 창 하나의 배경으로 떠오르는 것
창의 부분 속으로 한 사람이
어둡게 걸어왔다 풍경 밖으로 사라지고
한동안 그쪽으로는
아무도 다시 나타나지 않았다
그 사람의 우연에 대해서 생각하지만
말할 수 없는 것, 침묵은 필경 그런 것이다
나는 창 하나의 넓이만큼만 저 캄캄함을 본다

그 속에서도 바람은

안에서 불고 밖에서도 분다

분간이 안 될 정도로 길은 이미 지워졌지만

누구나 제 안에서 들끓는 길의 침묵을

울면서 들어야 할 때도 있는 것이다

김명인, 『길의 침묵』(1999)

동해 1

〈겨울에, 내 사촌과 바닷가에서. 찬 모래 위에서. 검은 바위들을 들이받는 물결 소리 속에서.〉

벌겋게 소주에 취한 내 사촌은
졸업을 하고 공장을 차리겠다고
설쳤다. 가진 돈도. 배경도
없으면서. 파도가 물거품을 튀기면서.

우리의 차가운 옷섶이. 겨울 바다의
체온을 닮으면서. 우리가 겨울
동해 바다 연변의 풍경의
한 조각이 되면서.

먼 해안의 부두에. 공장 굴뚝
연기가. 얼어 붙은 듯. 하늘로 뻗어
오르는 것을 보았다. 열차의 경적
소리가. 우리 등 뒤에서. 시뻘건 겨울
저녁놀에 깨져 나가는 것을 들으면서.

우리는 돌아왔다. 컴컴한 어둠
속을 설치던 내 사촌은 군대에 가서
죽고. 나는 동해 바다의 끓어
오르던 물결 소리를 깊숙이 내
안으로 구겨 처박고 잠 재우고 있다.

잠들지 않는 젊은 우리들의 망상을
거칠도록 단호하게 빠져나오면서도
또 어느 거리 어느 길목에서 세상의
모든 담벼락에 검은 바위들에 일일이
참혹하게 부딪치면서.

장영수, 『메이비』(1977)

시가 나에게 내리는 소리

쓸쓸한 진흙밭, 불탄 잿더미 위를
가더라도 쏟아지는 태양처럼 눈부신
생명의 아름다움은 있어 시와 함께
남는다 이때에 시가 피 흐르는 두
손을 들어 우리의 마르고 썩어빠진 어둠을
헤치는 것을, 차가운 무쇠 기둥에 박힌
노오란 살들을 살아나게 하는 것을
우리는 보게 될 것이다.

메아리가 아니라 실제로 걸어 나가는
수천 수백 세대世代의 발걸음의 핏속에
시는 잠들은 듯 생생히 살아 있다.
수천 년을 휘둘러온 시퍼런 뚝심의
도끼날만큼이나 뜨겁고 굳센 힘이
멈춘 듯 쉴 새 없이 흐르고 있다.

장영수, 『메이비』(1977)

영산

내 어렸을 적 고향에는 신비로운 산이 하나 있었다.
아무도 올라가 본 적이 없는 영산靈山이었다.

영산은 낮에 보이지 않았다.
산허리까지 잠긴 짙은 안개와 그 위를 덮은 구름으로 하여 영산은 어렴풋이 그 있는 곳만을 짐작할 수 있을 뿐이었다.

영산은 밤에도 잘 보이지 않았다.
구름 없이 맑은 밤하늘 달빛 속에 또는 별빛 속에 거무스레 그 모습을 나타내는 수도 있지만 그 모양이 어떠하며 높이가 얼마나 되는지는 알 수 없었다.

내 마음을 떠나지 않는 영산이 불현듯 보고 싶어 고속버스를 타고 고향에 내려갔더니 이상하게도 영산은 온데간데 없어지고 이미 낯설어진 마을 사람들에게 물어보니 그런 산은 이곳에 없다고 한다.

김광규, 『우리를 적시는 마지막 꿈』(1979)

작은 사내들

작아진다

자꾸만 작아진다

성장을 멈추기 전에 그들은 벌써 작아지기 시작했다

첫사랑을 알기 전에 이미 전쟁을 헤아리며 작아지기 시작했다

그들은 나이를 먹을수록 자꾸만 작아진다

하품을 하다가 뚝 그치며 작아지고

끔찍한 악몽에 몸서리치며 작아지고

노크 소리가 날 때마다 깜짝 놀라 작아지고

푸른 신호등 앞에서도 주춤하다 작아진다

그들은 어서 빨리 늙지 않음을 한탄하며 작아진다

얼굴 가리고 신문을 보며 세상이 너무나 평온하여 작아진다

넥타이를 매고 보기 좋게 일렬로 서서 작아지고

모두가 장사를 해 돈 벌 생각을 하며 작아지고

들리지 않는 명령에 귀 기울이며 작아지고

제복처럼 같은 말을 되풀이하며 작아지고

보이지 않는 적과 싸우며 작아지고

수많은 모임을 갖고 박수를 치며 작아지고

권력의 점심을 얻어먹고 이를 쑤시며 작아지고
배가 나와 열심히 골프를 치며 작아지고
칵테일 파티에 가서 양주를 마시며 작아지고
이제는 너무 커진 아내를 안으며 작아진다

작아졌다
그들은 마침내 작아졌다
마당에서 추녀 끝으로 날으는 눈치 빠른 참새보다도
작아졌다
그들은 이제 마스크를 쓴 채 담배를 피울 줄 알고
우습지 않을 때 가장 크게 웃을 줄 알고
슬프지 않은 일도 진지하게 오랫동안 슬퍼할 줄 알고
기쁜 일은 깊숙이 숨겨둘 줄 알고
모든 분노를 적절하게 계산할 줄 알고
속마음을 이야기 않고 서로들 성난 눈초리로 바라볼
줄 알고
아무도 묻지 않는 의문은 생각하지 않을 줄 알고
미결감을 지날 때마다 자신의 다행함을 느낄 줄 알고
비가 오면 제각기 우산을 받고 골목길로 걸을 줄 알고

들판에서 춤추는 대신 술집에서 가성으로 노래 부를 줄 알고
사랑할 때도 비경제적인 기다란 애무를 절약할 줄 안다

그렇다
작아졌다
그들은 충분히 작아졌다
성명과 직업과 연령만 남고
그들은 이제 너무 작아져 보이지 않는다

그러므로 더 이상 작아질 수 없다

김광규, 『우리를 적시는 마지막 꿈』(1979)

지리산의 봄 1
— 뱀사골에서 쓴 편지

남원에서 섬진강 허리를 지나며
갈대밭에 엎드린 남서풍 너머로
번뜩이며 일어서는 빛을 보았습니다
그 빛 한 자락이 따라와
나의 갈비뼈 사이에 흐르는
축축한 외로움을 들추고
산목련 한 송이 터뜨려 놓습니다
온몸을 싸고도는 이 서늘한 향기,
뱀사골 산정에 푸르게 걸린 뒤
오월의 찬란한 햇빛이
슬픈 깃털을 일으켜세우며
신록 사이로 길게 내려와
그대에게 가는 길을 열어줍니다
아득한 능선에 서 계시는 그대여
우르르우르르 우뢰 소리로 골짜기를 넘어가는 그대여
앞서가는 그대 따라 협곡을 오르면
삼십 년 벗지 못한 끈끈한 어둠이
거대한 여울에 파랗게 씻겨내리고
육천 매듭 풀려나간 모세혈관에서

철철 샘물이 흐르고
더웁게 달궈진 살과 뼈 사이
확 만개한 오랑캐꽃 웃음 소리
아름다운 그대 되어 산을 넘어갑니다
구름처럼 바람처럼
승천합니다

고정희, 『지리산의 봄』(1987)

수의를 입히며

논두렁 밭두렁에 비지땀을 쏟으시고
씨앗 여물 때마다 혼을 불어넣으시어
구릿빛 가죽만 남으신 어머니,
바람개비처럼 가벼운 줄 알았더니
어머니 지신 짐이 이리 무겁다니요
날아갈 듯 누우신 오 척 단신에
이리 무거운 짐 벗어놓고 떠나시다니요
이 짐을 지고 버티신 세월
억장이 무너지고 넋장이 부서집니다
구멍이란 구멍에 목숨 들이대시고
바람이란 바람에 맨가슴 비비시어
팔 남매 하늘을 떠받치신 어머니,
당신 칠십 평생 동안의 삶의 무게가
마지막 잡은 손에 전류처럼 흐릅니다
당신 칠십 평생 동안에 열린 산과 들의 숨소리가
마지막 포옹에 화인처럼 박힙니다
얘야, 나는 이제 너의 담벼락이 아니다
나는 네가 머물 반석이 아니다
흘러라

내가 놓은 징검다리 밟고 가거라
뒤돌아보는 것은 길이 아니여
다만 단정하게 눈감으신 어머니
아흐,
우리 살아생전 허물과 죄악을
당신 품 속에 슬몃 밀어넣고
베옷 한 벌로 가리워드립니다
그래도 마다 않고 길 뜨시는
어머니……

고정희, 『지리산의 봄』(1987)

붕붕거리는 추억의 한때

세상에서 내가 본 것은 아픈 사람과 아프지 않은 사람들,
살아 있는 것들의 끝없는 괴로움과
죽은 것들의 단단한 침묵들,
새벽 하늘에 떠가는 회색의 찢긴 구름 몇 장,
공복과 쓰린 위,
어느 날 찾아오는 죽음뿐이다.

말하라 붕붕거리는 추억이여.
왜 어떤 여자는 웃고,
어떤 여자는 울고 있는가.
왜 햇빛은 그렇게도 쏟아져내리고
흰 길 위에 검은 개는 어슬렁거리고 있는가.
구두 뒷굽은 왜 빨리 닳는가.
아무 말도 않고 끊는 전화는 왜 자주 걸려오는가.
왜 늙은 사람들은 배드민턴을 치고
공원의 비둘기 떼들은 한꺼번에 공중으로 날아오르는가.

장석주, 『붕붕거리는 추억의 한때』(1991)

크고 헐렁헐렁한 바지

어렸을 때 내 꿈은 단순했다, 다만
내 몸에 꼭 맞는 바지를 입고 싶었다
이 꿈은 늘 배반당했다
난 아버지가 입던 큰 바지를 줄여 입거나
모처럼 시장에서 새로 사 온 바지를 입을 때조차
내 몸에 맞는 바지를 입을 수가 없었다
한참 클 때는 몸집이 하루가 다르게 자라니
작은 옷은 곧 못 입게 되지, 하며
어머니는 늘 크고 헐렁헐렁한 바지를 사 오셨다
크고 헐렁헐렁한 바지는 나를 짓누른다
크고 헐렁헐렁한 바지를 입으면
바지가 내 몸을 입고 있다는 착각에 빠지곤 했다
충분히 자라지 못한 빈약한 몸은
큰 바지를 버거워했다
크고 헐렁헐렁한 바지통 사이로
내 영혼과 인생은 빠져나가버리고
난 염소처럼 어기적거렸다
매음녀처럼 껌을 소리 나게 씹는 크고 헐렁헐렁한 바지
나는 바지에 조롱당하고 바지에 끌려다녔다
이건 시대착오적이에요,라고

크고 헐렁헐렁한 바지를 향해 당당하게 항의하지 못했다
크고 헐렁헐렁한 바지, 오, 모멸스런 인생
바지는 내 꿈을 부서뜨리고 악마처럼 웃는다
바지는 인생을 이렇게 살아라, 저렇게 살아라,라고 참견한다
원치 않는 삶에 질질 끌려다니지 않으려면
진작 바지의 독재에 대항했어야 했다
진작 그 바지를 찢거나 벗어버렸어야 했다
아니면 진작 바지에 길들여졌어야 했다
크고 헐렁헐렁한 바지, 오, 급진적인 바지
내 몸과 맞지 않는 바지통 속에서
내 다리는 불안하게 흔들린다
언제까지나 불사조처럼 군림하는 크고 헐렁헐렁한 바지는
검은 그림자를 늘어뜨리고
끝끝내 길들여지지 않는 내 인생을 송두리째 뒤흔든다

장석주, 『크고 헐렁헐렁한 바지』(1996)

지상의 인간
지상의 인간

내

이 바다

위에 서서

귀가 먹먹하도록

바라보는

저 하늘

구름 몇 조각

아무렇게나

흐트러져 있고

내 저 하늘 위에

거꾸로 서서

죽여다오

오 죽여다오

혁명처럼
폭포처럼

이 바다

수천 수만의
파란 만장을 그리며

이 거대한 사막

육지로 육지로 육지로만
오 죽여다오 제발 육지로 육지로만
몰려 나가고 싶은 파도와 파도와 파도와

오 죽여다오

죽여다오
형제들이여

박남철, 『지상의 인간』(1984)

주기도문, 빌어먹을

지금, 하늘에 계신다 해도
도와주시지 않는 우리 아버지의 이름을
아버지의 나라를 우리 섣불리 믿을 수 없사오며
아버지의 하늘에서 이룬 뜻은 아버지 하늘의 것이고
땅에서 못 이룬 뜻은 우리들 땅의 것임을, 믿습니다
(믿습니다? 믿습니다를 일흔 번쯤 반복해서 읊어보시오)
오늘날 우리에게 일용할 고통을 더욱 많이 내려주시고
우리가 우리에게 미움 주는 자들을 더더욱 미워하듯이
우리의 더더욱 미워하는 죄를 더, 더더욱 미워하여주시고
제발 이 모든 우리의 얼어 죽을 사랑을 함부로 평론하지 마시고
다만 우리를 언제까지고 그냥 이대로 내버려둬, 두시겠습니까?

대개 나라와 권세와 영광은 이제 아버지의 것이
아니옵니다(를 일흔 번쯤 반복해서 읊어보시오)
밤낮없이 주무시고만 계시는
아버지시여

아멘

박남철, 『지상의 인간』(1984)

시와 힘

내 육체가 나를 속였다
내가 진정으로 원하던 것은
육체의 시간에게 잡아먹혔다
존재하는 일이 나를
탕진시켰다 젊음이

시간의 요란한 부채를 뒤흔들었다 언제나
쌓이고 쌓이는 부스러기들 그것으로
젊음이 만족하리라고?

오 가슴에 파이는 골 깊은 추락
현기증 삶이 나를 내어던졌다

어느 날이건 내가 칼로서
시詩를 가지리라 허공과 시간과
우리의 갈증을 베어내는 칼,

지구 위에서 우리가 공유한

결핍을 베어내리라 베어 던지리라

내가 칼인 시를 가지리라

김정란, 『다시 시작하는 나비』(1989)

나의 시
—죽음과 더불어 살기

그때 천사의 날개로 퍼덕이며 무형의 공간을 헤집으며
날아오르던
너의 힘센, 순결한 움직임을, 그 상향의,
형태 없는, 존재로의 비약을

나는 아직도 기억하고 있다, 잡히지 않는 유령이여.

몸을 얻기 위해 내 깜깜한 비천한 창고 속
와글거리는 흐느낌 속을 뒤척이던 아
순결이여, 내가 그대를 향해 일껏

펴줄 수 있는 것이 이 덜덜 떨리는 예감뿐인 것을,
어쩌면 그대 자신 진즉부터 알고 있었던가.
내 가난한 넝마의 혼 안에서 울부짖는 날개,
피투성이로. 피투성이로.

울며, 뒤채며, 안으로만 날이 서는 이
끔찍한, 삶이라는, 내향성의, 양날의 톱니 사이에서
으깨어져라 시여 죽어라 시여,

내가 그대를 이렇게 지겹게 떠나지 못하므로,

죽어라 시여, 적어도 그렇게
그대 내 필멸의 뻔한 삶을
더불어라. 퍼렇게 살아 눈뜬 채로
잠자지 않는 나의 기氣, 오 성스러운 망할 끼여.

김정란, 『다시 시작하는 나비』(1989)

제주바다 1

누이야 원래 싸움터였다
바다가 어둠을 여는 줄로 너는 알았지?
바다가 빛을 켜는 줄로 알고 있었지?
아니다 처음 어둠이 바다를 열었다 빛이
바다를 열었지 싸움이었다
어둠이 자그만 빛들을 몰아내면 저 하늘 끝에서 힘찬 빛들이 휘몰아와 어둠을 밀어내는
괴로워 울었다 바다는
괴로움을 삭이면서 끝남이 없는 싸움을 울부짖어왔다

누이야 어머니가 한 방울 눈물 속에 바다를 키우는 뜻을 아느냐 바늘귀에 실을 꿰시는
한반도의 슬픔을 바늘 구멍으로
내다보면 땀냄새로 열리는 세상
어머니 눈동자를 찬찬히 올려다보라
그곳에도 바다가 있어 바다를 키우는 뜻이 있어
어둠과 빛이 있어 바닷속
그 뜻의 언저리에 다가갔을 때 밀려갔다
밀려오는 일상의 모습이며 어머니가 짜고 있는 하늘을

제주 사람이 아니고는 진짜 제주바다를 알 수 없다
누이야 바람 부는 날 바다로 나가서 5월 보리 이랑
일렁이는 바다를 보라 텀벙텀벙
너와 나의 알몸뚱이 유년이 헤엄치는
바다를 보라 겨울날
초가지붕을 넘어 하늬바람 속 까옥까옥
까마귀 등을 타고 제주의
겨울을 빚는 파도 소리를 보라
파도 소리가 열어놓는 하늘 밖의 하늘을 보라 누이야

문충성, 『제주바다』(1978)

묘비

가을날 누이야 가고 보아라
보랏빛 햇살 사각사각 쌓이는
별도봉別刀峰
그 어디쯤
어린 날부터
파묻어온 새하얀 물결 소리
만취해 싸구려
눈물 세상 이리저리
건너 다니던
어지러운 발걸음들
거기엔 형제들 잠자는 무덤들도 있으니
제주濟州바다가 천만 년 시달려온 이승의 악몽들
몸부림치며 어둠에 걸린
산기슭에 와 목놓아 부서지는
그 자리에
내 묘비墓碑 하나 세우리
묘비엔 저주스런
아무 글도 적어놓지 않으리
결코 열려오지 않을 새벽을 꿈꾸며 깨어나며

무정 세월에 깎여

어둠 속에 홀로 푸르르 떨며 빛나다

어느 날 바다 물결로

무심무심 사라질

그런 묘비 하나 세우리

문충성, 『내 손금에서 자라나는 무지개』(1986)

1959년

그해 겨울이 지나고 여름이 시작되어도
봄은 오지 않았다 복숭아나무는
채 꽃 피기 전에 아주 작은 열매를 맺고
불임不姙의 살구나무는 시들어갔다
소년들의 성기性器에는 까닭 없이 고름이 흐르고
의사들은 아프리카까지 이민移民을 떠났다 우리는
유학 가는 친구들에게 술 한잔 얻어먹거나
2차 대전 때 남양南洋으로 징용 간 삼촌에게서
뜻밖의 편지를 받기도 했다 그러나 어떤
놀라움도 우리를 무기력無氣力과 불감증不感症으로부터
불러내지 못했고 다만, 그 전해에 비해
약간 더 화려하게 절망적인 우리의 습관을
수식修飾했을 뿐 아무것도 추억追憶되지 않았다
어머니는 살아 있고 여동생은 발랄하지만
그들의 기쁨은 소리 없이 내 구둣발에 짓이겨
지거나 이미 파리채 밑에 으깨어져 있었고
춘화春畵를 볼 때마다 부패한 채 떠올라왔다
그해 겨울이 지나고 여름이 시작되어도
우리는 봄이 아닌 윤리倫理와 사이비 학설學說과

싸우고 있었다 오지 않는 봄이어야 했기에

우리는 보이지 않는 감옥監獄으로 자진해 갔다

이성복, 『뒹구는 돌은 언제 잠 깨는가』(1980)

남해 금산

한 여자 돌 속에 묻혀 있었네
그 여자 사랑에 나도 돌 속에 들어갔네
어느 여름 비 많이 오고
그 여자 울면서 돌 속에서 떠나갔네
떠나가는 그 여자 해와 달이 끌어주었네
남해 금산 푸른 하늘가에 나 혼자 있네
남해 금산 푸른 바닷물 속에 나 혼자 잠기네

이성복, 『남해 금산』(1986)

세 개의 변기

1

변기에서 검은 혓바닥이 소리친다

고통은 위에서 풍성하게
너털웃음 소리로 쏟아지는 똥이요
치욕은
변소 밑 돼지들의 울음이라고

2

변기여,
내가 타일 가게에서
커다랗게 입 벌린 너를 만났을 때
너는 구멍으로써 충분히
네 존재를 주장했다
마치 하찮고 물렁한 나를
혀 없이도 충분히 삼키겠다는 듯이

네가 커다랗게 입을 벌렸을 때
나는 너보다 더 크게 입을 벌리고
내 존재를 주장해야 했을까
뭐라고 한마디 대꾸해야 좋았을까
말해봐야 너는 귀가 없고 벙어리이고
네 구멍 속은 밑 빠진 허虛구렁인데

3

나는 황색의 개들이 목에 털을 곤두세우고
으르렁거리는 것을 보았다
똥을 혼자서 다 먹으려고
으르렁거리는 변기 같은 아가리들을

개들의 시절의 욕심쟁이 개들아
너희들은 똥을 먹어도 참 우스꽝스럽고 넉살 좋게 먹는다
구토도 없이

구토도 없이

나는 개들의 시체 즐비한 보신탕 골목에서
삶은 개의 뒷다리를 보았건만

최승호, 『고슴도치의 마을』(1985)

자동판매기

오렌지주스를 마신다는 게
커피가 쏟아지는 버튼을 눌러버렸다
습관의 무서움이다

무서운 습관이 나를 끌고 다닌다
최면술사 같은 습관이
몽유병자 같은 나를
습관 또 습관의 안개나라로 끌고 다닌다

정신 좀 차려야지
고정관념으로 굳어가는 머리의
자욱한 안개를 걷으며
자, 차린다, 이제 나는 뜻밖의 커피를 마시며

돈만 넣으면 눈에 불을 켜고 작동하는
자동판매기를
매춘부賣春婦라 불러도 되겠다
황금黃金교회라 불러도 되겠다
이 자동판매기의 돈을 긁는 포주는 누구일까 만약

그대가 돈의 권능權能을 이미 알고 있다면

그대는 돈만 넣으면 된다
그러면 매음賣淫의 자동판매기가
한 컵의 사카린 같은 쾌락을 주고
십자가十字架를 세운 자동판매기는
신神의 오렌지주스를 줄 것인가

최승호, 『고슴도치의 마을』(1985)

삼십세

이렇게 살 수도 없고 이렇게 죽을 수도 없을 때
서른 살은 온다.
시큰거리는 치통 같은 흰 손수건을 내저으며
놀라 부릅뜬 흰자위로 애원하며.

내 꿈은 말이야, 위장에서 암 세포가 싹트고
장가가는 거야, 간장에서 독이 반짝 눈뜬다.
두 눈구멍에 죽음의 붉은 신호등이 켜지고
피는 젤리 손톱은 톱밥 머리칼은 철사
끝없는 광물질의 안개를 뚫고
몸뚱어리 없는 그림자가 나아가고
이제 새로 꿀 꿈이 없는 새들은
추억의 골고다로 날아가 뼈를 묻고
흰 손수건이 떨어뜨려지고
부릅뜬 흰자위가 감긴다.

오 행복행복행복한 항복
기쁘다우리 철판깔았네

최승자, 『이 시대의 사랑』(1981)

즐거운 일기

오늘 나는 기쁘다. 어머니는 건강하심이 증명되었고 밀린 번역료를 받았고 낮의 어느 모임에서 수수한 남자를 소개받았으므로.

오늘도 여의도 강변에선 날개들이 풍선 돋친 듯 팔렸고 도곡동 개나리 아파트의 밤하늘에선 달님이 별님들을 둘러앉히고 맥주 한 잔씩 돌리며 봉봉 크래커를 깨물고 잠든 기린이의 망막에선 노란 튤립 꽃들이 까르르거리고 기린이 엄마의 꿈속에선 포니 자가용이 휘발유도 없이 잘 나가고 피곤한 기린이 아빠의 겨드랑이에선 지금 남몰래 일 센티미터의 날개가 돋고……

수영이 삼촌 별아저씨 오늘도 캄사캄사합니다. 아저씨들이 우리 조카들을 많이많이 사랑해주신 덕분에 오늘도 우리는 코리아의 유구한 푸른 하늘 아래 꿈 잘 꾸고 한판 잘 놀아났습니다.

아싸라비아
도로아미타불

최승자, 『즐거운 일기』(1984)

또 하나의 타이타닉 호

솥이 된 '또 하나의 타이타닉 호'
1911년 건조되었고, 선적지는 사우샘프턴
속력은 22노트, 여객선, 한 번 항해에 2천 명 이상 탑승한 경력
내가 결혼한 해에 해체되었으며
지금은 빵 굽는 토스터, 아니면 주전자, 중국식 프라이팬,
한국식 압력 밥솥이 되었다
상처투성이의 큰 짐승
육지 생활에 여전히 적응 못 하는 퇴역 선장
그래서 솥이 되어서도
늘 말썽이 잦다
나는 밥하기 싫은 참에 압력 밥솥 회사에 항의 전화를 걸었다
자꾸 김이 새잖아요?
내가 씻은 쌀이 도대체 몇 톤이나 될까. 새벽에 일어나 쌀을 씻고, 식탁을 차리고, 다시 쌀을 씻고, 솥을 닦고, 숟가락을 닦고, 화장실을 닦고, 다시 쌀을 씻는다. 닭의 뱃속에 붙은 기름을 긁어내고, 쌀을 씻고, 생선의 내장을 꺼

내고, 파를 다진다. 다시 쌀을 씻는다. 망망대해를 떠가는 배, '또 하나의 타이타닉'표 압력 밥솥, 과연 이것이 나의 항해인가. 리플레이, 리플레이, 리플레이

우리 집에 정박한 한국식 압력 밥솥 '또 하나의 타이타닉 호'

불쌍해라, 부엌을 벗어난 적이 없다

밥하는 거 지겨워

설거지하는 거 지겨워

그럼 그것도 안 하면 뭐 할 건데?

압력 밥솥이 내게 물었다

뱀처럼 밥 먹고 입을 쓰윽 닦지

내가 대답했다

영사기에서 쏟아지는 빛처럼 가스 불이 솥을 에워싸자 파도가 끓는다

스크린처럼 하얀 빙산에 배가 부딪힐 때

밤바다로 쏟아져들어가는 내 나날의 이미지

물에 잠겨서도 환하게 불 켜고

필름처럼 둥글게 영속하는 천 개의 방

느리디느린 디졸브로

솥이 된 여자, 그 여자가

곧, 스타들과 엑스트라들이 끓어오르는 흰 파도 속에서 잦아든다

그 이름 '또 하나의 타이타닉 호'

화이트 스타 선박 회사 건조

수심 4천 미터 속 부엌을 천천히 걸어다니며

질푸른 바닷속에 붉은 녹을 풀어넣고 있다

김혜순, 『달력 공장 공장장님 보세요』(2000)

한 잔의 붉은 거울

네 꿈을 꾸고 나면 오한이 난다
열이 오른다 창들은 불을 다 끄고
아무도 움직이지 않는 밤거리
간판들만 불 켠 글씨들 반짝이지만
네 안엔 나 깃들일 곳 어디에도 없구나

아직도 여기는 너라는 이름의 거울 속인가 보다
발걸음이 떼어지지 않는다
고독이란 것이 알고 보니 거울이구나
비추다가 내쫓는 붉은 것이로구나 포도주로구나

몸 밖 멀리서 두통이 두근거리며 오고
여름밤에 오한이 난다 열이 오른다
이 길에선 따뜻한 내면의 냄새조차 나지 않는다
이 거울 속 추위를 다 견디려면 나 얼마나 더 뜨거워져야 할까

저기 저 비명의 끝에 매달린 번개
저 번개는 네 머릿속에 있어 밖으로 나가지도 못한다

네 속에는 너밖에 없구나 아무도 없구나 늘 그랬듯이
너는 그렇게도 많은 나를 다 뱉어내었구나

그러나 나는 네 속에서만 나를 본다 온몸을 떠는 나를
내가 본다
어디선가 관자놀이를 치는 망치 소리
밤거리를 쩌렁쩌렁 울리는 고독의 총소리
이제 나는 더 이상 숨 쉴 곳조차 없구나

나는 붉은 잔을 응시한다 고요한 표면
나는 그 붉은 거울을 들어 마신다
몸속에서 붉게 흐르는 거울들이 소리친다
너는 주점을 나와 비틀비틀 저 멀리로 사라지지만
그 먼 곳이 내게는 가장 가까운 곳
내 안에는 너로부터 도망갈 곳이 한 곳도 없구나

김혜순, 『한 잔의 붉은 거울』(2004)

사랑 노래 2

눈이 내린다 거세게, 내 뺨에 부딪히지 않고 그 눈, 그 바깥에 네가 있다
눈이 내린다 지워질 듯, 도시가 화려하다 그 눈, 그 바깥에 네가 있다
바깥은 이별보다 가깝다 사랑이여, 눈은 눈보다 가깝다, 육체여
매끈하고 육중한 자동차 전시장과 숯검댕 낀 초록색 공중전화 부스
눈이 내린다 무너질 듯, 내 몸을 파묻지 않고 그 눈, 그 바깥에 네가 있다
눈이 내린다 말살하듯, 네 육체가 화려하다 그 눈 그 바깥에, 네가 있다

김정환, 『해가 뜨다』(2000)

구두 한 짝

찬 새벽 역전 광장에 홀로 남으니
떠나온 것인지 도착한 것인지 분간이 없다.
그렇게 구두 한 짝이 있다. 구겨진 구두 한 짝이.
저토록 웅크린 사랑은 떠나고 그가 절름발이로
세월을 거슬러 오르지는 못, 하지, 벗겨진 구두는 홀로
걷지 못한다. 그렇게 구두 한 짝이 있다.
그렇게 찬 새벽 역전 광장에, 발자국 하나로 얼어붙은
눈물은 보이지 않고 검다.
그래. 어려운 게 문제가 아냐.
기구한 삶만 반짝인다.

김정환, 『해가 뜨다』(2000)

게 눈 속의 연꽃

1

처음 본 모르는 풀꽃이여, 이름을 받고 싶겠구나
내 마음 어디에 자리하고 싶은가
이름 부르며 마음과 교미하는 기간,
나는 또 하품을 한다

모르는 풀꽃이여, 내 마음은 너무 빨리
식은 돌이 된다, 그대 이름에 내가 걸려 자빠지고
흔들리는 풀꽃은 냉동된 돌 속에서도 흔들린다
나는 정신병에 걸릴 수도 있는 짐승이다

흔들리는 풀꽃이여, 유명해졌구나
그대가 사람을 만났구나
돌 속에 추억에 의해 부는 바람,
흔들리는 풀꽃이 마음을 흔든다

내가 그대를 불렀기 때문에 그대가 있다
불을 기억하고 있는 까마득한 석기 시대,

돌을 깨뜨려 불을 꺼내듯
내 마음 깨뜨려 이름을 꺼내가라

2

게 눈 속에 연꽃은 없었다
보광普光의 거품인 양
눈곱 낀 눈으로
게가 뻐끔뻐끔 담배 연기를 피워올렸다
눈 속에 들어갈 수 없는 연꽃을
게는, 그러나, 볼 수 있었다

3

투구를 쓴 게가
바다로 가네

포크레인 같은 발로
걸어온 뻘밭

들고 나고 들고 나고
죽고 낳고 죽고 낳고

바다 한가운데에는
바다가 없네

사다리를 타는 게,
게좌座에 앉네

황지우, 『게 눈 속의 연꽃』(1990)

어느 날 나는 흐린 주점에 앉아 있을 거다

초경初經을 막 시작한 딸아이, 이젠 내가 껴안아줄 수
도 없고
생이 끔찍해졌다
딸의 일기를 이젠 훔쳐볼 수도 없게 되었다
눈빛만 형형한 아프리카 기민들 사진;
"사랑의 빵을 나눕시다"라는 포스터 밑에 전 가족의
성금란을
표시해놓은 아이의 방을 나와 나는
바깥을 거닌다, 바깥;
누군가 늘 나를 보고 있다는 생각 때문에
사람들을 피해 다니는 버릇이 언제부터 생겼는지 모르
겠다
옷걸이에서 떨어지는 옷처럼
그 자리에서 그만 허물어져버리고 싶은 생;
뚱뚱한 가죽부대에 담긴 내가, 어색해서, 견딜 수 없다
글쎄, 슬픔처럼 상스러운 것이 또 있을까

그러므로, 어느 날 나는 흐린 주점酒店에 혼자 앉아 있
을 것이다

완전히 늙어서 편안해진 가죽부대를 걸치고
등 뒤로 시끄러운 잡담을 담담하게 들어주면서
먼 눈으로 술잔의 수위水位만을 아깝게 바라볼 것이다

문제는 그런 아름다운 폐인廢人을 내 자신이
견딜 수 있는가,이리라

황지우, 『어느 날 나는 흐린 주점에 앉아 있을 거다』(1998)

미성년의 강

산과 산이 맞대어
가슴 비집고 애무하는 가쟁이 사이로 강이 흐른다.
온 세상의 하늬 쌓이듯 눕는 곤곤한
곤곤한 혼탁.

멀어져나가는 구름모양
한없는 나울을 깔면서
대안의 호야불을 찾아나서는 물길.
물 위로 물이 흐르듯 얼굴을 가리며
무엇이 우리의 슬픔을 데려왔다 데려가는가.

열목어 열목어는 온통 강물에 열을 풀고
무수히 잘게 말하는 모래의 둥덜미로
우리의 사랑이란 운명이란
말할 수 없는 슬픔이란 그런 그런 심연을 이루어
인간의 아이들처럼 아름다운 깊이로 출렁이며
강을 흐르는 사계의 강.

산과 들이 한가지 모습으로
무덤을 이루어 있는 강안에 서면

귀밑머리 달도록 예쁜 지평선은
우리 버려진 나이를 위한 설정이다.

아, 하면 아, 하는 하늘
오, 하면 오, 하는 산
많이 추워와 살 비비는
손과 손의 가장 곱게 펴진 그림자 위에
한 방울 눈물을 올려놓고
이승은 온통 꽃이파리 하나에 실려가고
다시는 그림자 하나 세상에 내리지 않는다.

하늘로 트이는가, 혈맥
태를 감는가, 산악
손 벌려 앉아 우리는 끝내 무엇이 되고 싶은 것일까.

강은 순례,
눈 들면 사라지는 먼먼 마을의 어두움도 따라나선다.
길 잘못 든 한 아이의 발소리도 들리고,
산이 버린 산
사람이 버린 사람의 백골이 거품을 게워내는 것도 보

인다.

죽음이란 온갖 낮은 죽음과 만나
저들을 갈대로 서 있게 한다.
실한 발목에 구름도 이제
묵념처럼 하얗게 죽는다.

돌아다보고 엷눈 주는 어두움
그 흔적 없다는 이름의 길을 따라
꽃을 배슬은
내 기억은 여기에서 끝난다, 강이여.

산과 들이 한가지 모습으로
무덤을 이루어 있는 강안에 서면
우주의 능선에 달이 뜨고
까칠한 욕망의 투구를 흔들면서
나는 빛나는 스물의 갈대밭, 또는.

박태일, 『그리운 주막』(1984)

구천동

사람들은 혼자 아름다운 여울, 흐르다가 흐르다가 힘이 다하면 바위귀에 하얗게 어깨를 털어버린다. 새도 날지 않고 너도 찾지 않는 여울가에서 며칠째 잠이나 잤다. 두려울 땐 잠 근처까지 밀려갔다 밀려오곤 했다. 그림자를 턱까지 끌어당기며 오리목마저 숲으로 돌아누운 저녁, 바람의 눈썹에 매달리어 숨었다. 울었다. 구천동 모르게 숨어 울었다.

박태일, 『그리운 주막』(1984)

노래와 이야기

노래는 심장에, 이야기는 뇌수에 박힌다
처용이 밤늦게 돌아와, 노래로써
아내를 범한 귀신을 꿇어 엎드리게 했다지만
막상 목청을 떼어내고 남은 가사는
베개에 떨어뜨린 머리카락 하나 건드리지 못한다
하지만 처용의 이야기는 살아남아
새로운 노래와 풍속을 짓고 유전해가리라
정간보가 오선지로 바뀌고
이제 아무도 시집에 악보를 그리지 않는다
노래하고 싶은 시인은 말 속에
은밀히 심장의 박동을 골라 넣는다
그러나 내 격정의 상처는 노래에 쉬이 덧나
다스리는 처방은 이야기일 뿐
이야기로 하필 시를 쓰며
뇌수와 심장이 가장 긴밀히 결합되길 바란다.

최두석, 『대꽃』(1984)

춘열 양반전

미쳤어도 그른 말 해본 적 없는 이라고 동네 사람들은 말했다. 자식 학비에 쪼들린 춘열댁이 당신의 뜻과는 관계없이 논을 떼어 판 뒤 봄마다 거기에 못자리를 하겠다는 시비가 계속되었다. 춘열댁이 뒤주에서 몰래 쌀을 퍼내서라도 수리세는 어차피 내어야만 하는 것인데 저수지 물은 기어이 대지 않는 주의였다. 비료도 농약도 쓰지 않았다. 이장이나 면직원을 절대로 믿지 않았다. 가을이면 볏단을 집으로 옮기는 일 없이 들에서 타작하고, 지푸라기는 어차피 퇴비 만들 것, 논 가운데 수북이 쌓아두었다. 대보름 밤 그 짚더미에 불을 놓으면 아이들 축제의 절정 그대로였다. 당신은 그걸 태우지 못하게 아들까지 동원해 지켰지만 어떻게든 우리는 불을 지르고야 말았다. 아, 생각하면 죄스러운 일이지만, 당신의 광증이, 마을 청장년 집단으로 요절난 인공 직후부터라는 사실을 안 것은 아주 먼 훗날이었다.

최두석, 『대꽃』(1984)

죽은 자를 위한 기도

이 밤
대지 밑 죽은 자들이 웅얼거리는 소리가
내 잠을 깨운다

지하를 흐르는 검은 물줄기가
누워 있는 내 귓속으로 흘러들어와
몸 가득히 어두운 말을 풀어놓는 시각
죽은 자의 입에 물린 은전의 쓴맛이
목구멍을 타고 내 몸 곳곳에 번져나간다

죽은 자들로 가득 찬 몸을 일으켜
창가로 걸어가보면 멀리 밤하늘에 떠 있는
차가운 달의 심장

대지 저 밑에서
죽은 자들의 손톱과 머리칼이 소리 없이 자라듯
나는 이 밤
그들의 말이 두근대는 심장을 지그시 누르고
어둠 저편에서 나를 지켜보고 있는 누군가의 눈빛을

막막히 마주 보고 있다

남진우, 『죽은 자를 위한 기도』(1996)

가시

물고기는 제 몸속의 자디잔 가시를 다소곳이 숨기고
오늘도 물속을 우아하게 유영한다
제 살 속에서 한시도 쉬지 않고 저를 찌르는
날카로운 가시를 짐짓 무시하고
물고기는 오늘도 물속에서 평안하다
이윽고 그물에 걸린 물고기가 사납게 퍼덕이며
곤곤한 불과 바람의 길을 거쳐 식탁 위에 버려질 때
가시는 비로소 물고기의 온몸을 산산이 찢어 헤치고
눈부신 빛 아래 선연히 자신을 드러낸다

남진우, 『죽은 자를 위한 기도』(1996)

나는 고양이로 태어나리라

이다음에 나는 고양이로 태어나리라.
윤기 잘잘 흐르는 까망 얼룩 고양이로
태어나리라.
사뿐사뿐 뛸 때면 커다란 까치 같고
공처럼 둥굴릴 줄도 아는
작은 고양이로 태어나리라.
나는 툇마루에서 졸지 않으리라.
사기그릇의 우유도 핥지 않으리라.
가시덤풀 속을 누벼누벼
너른 벌판으로 나가리라.
거기서 들쥐와 뛰어놀리라.
배가 고프면 살금살금
참새 떼를 덮치리라.
그들은 놀라 후닥닥 달아나겠지.
아하하하
폴짝폴짝 뒤따르리라.
꼬마 참새는 잡지 않으리라.
할딱거리는 고놈을 앞발로 툭 건드려
놀래주기만 하리라.
그리고 곧장 내달아

제일 큰 참새를 잡으리라.

이윽고 해는 기울어
바람은 스산해지겠지.
들쥐도 참새도 가버리고
어두운 벌판에 홀로 남겠지.
나는 돌아가지 않으리라.
어둠을 핥으며 낟가리를 찾으리라.
그 속은 아늑하고 짚단 냄새 훈훈하겠지.
훌쩍 뛰어올라 깊이 웅크리리라.
내 잠자리는 달빛을 받아
은은히 빛나겠지.
혹은 거센 바람과 함께 찬비가
빈 벌판을 쏘다닐지도 모르지.
그래도 난 털끝 하나 적시지 않을걸.
나는 꿈을 꾸리라.
놓친 참새를 쫓아
밝은 들판을 내닫는 꿈을.

황인숙, 『새는 하늘을 자유롭게 풀어놓고』(1988)

슬픔이 나를 깨운다

슬픔이 나를 깨운다.
벌써!
매일 새벽 나를 깨우러 오는 슬픔은
그 시간이 점점 빨라진다.
슬픔은 분명 과로하고 있다.
소리 없이 나를 흔들고, 깨어나는 나를 지켜보는 슬픔은
공손히 읍하고 온종일 나를 떠나지 않는다.
슬픔은 잠시 나를 그대로 누워 있게 하고
어제와 그제, 그끄제, 그 전날의 일들을 노래해준다.
슬픔의 나직하고 쉰 목소리에 나는 울음을 터뜨린다.
슬픔은 가볍게 한숨지며 노래를 그친다.
그리고, 오늘은 무엇을 할 것인지 묻는다.
모르겠어…… 나는 중얼거린다.

슬픔은 나를 일으키고
창문을 열고 담요를 정리한다.
슬픔은 책을 펼쳐주고, 전화를 받아주고, 세숫물을 데워준다.
그리고 조심스레
식사를 하시지 않겠냐고 권한다.

나는 슬픔이 해주는 밥을 먹고 싶지 않다.
내가 외출을 할 때도 따라나서는 슬픔이
어느 결엔가 눈에 띄지 않기도 하지만
내 방을 향하여 한 발 한 발 돌아갈 때
나는 그곳에서 슬픔이
방 안 가득히 웅크리고 곱다랗게 기다리고 있음을 안다.

황인숙, 『슬픔이 나를 깨운다』(1990)

빈집

사랑을 잃고 나는 쓰네

잘 있거라, 짧았던 밤들아
창밖을 떠돌던 겨울 안개들아
아무것도 모르던 촛불들아, 잘 있거라
공포를 기다리던 흰 종이들아
망설임을 대신하던 눈물들아
잘 있거라, 더 이상 내 것이 아닌 열망들아

장님처럼 나 이제 더듬거리며 문을 잠그네
가엾은 내 사랑 빈집에 갇혔네

기형도, 『입 속의 검은 잎』(1989)

정거장에서의 충고

미안하지만 나는 이제 희망을 노래하련다
마른 나무에서 연거푸 물방울이 떨어지고
나는 천천히 노트를 덮는다
저녁의 정거장에 검은 구름은 멎는다
그러나 추억은 황량하다, 군데군데 쓰러져 있던
개들은 황혼이면 처량한 눈을 껌벅일 것이다
물방울은 손등 위를 굴러다닌다, 나는 기우뚱
망각을 본다, 어쩌다가 집을 떠나왔던가
그곳으로 흘러가는 길은 이미 지상에 없으니
추억이 덜 깬 개들은 내 딱딱한 손을 깨물 것이다
구름은 나부낀다, 얼마나 느린 속도로 사람들이 죽어
갔는지
얼마나 많은 나뭇잎들이 그 좁고 어두운 입구로 들이
닥쳤는지
내 노트는 알지 못한다, 그동안 의심 많은 길들은
끝없이 갈라졌으니 혀는 흉기처럼 단단하다
물방울이여, 나그네의 말을 귀담아들어선 안 된다
주저앉으면 그뿐, 어떤 구름이 비가 되는지 알게 되리
그렇다면 나는 저녁의 정거장을 마음속에 옮겨놓는다

내 희망을 감시해온 불안의 짐짝들에게 나는 쓴다
이 누추한 육체 속에 얼마든지 머물다 가시라고
모든 길들이 흘러온다, 나는 이미 늙은 것이다

기형도, 『입 속의 검은 잎』(1989)

사자 도망간다 사자 잡아라

나는 보았다 利子에 비틀거리는 청년들 성당 입구에서
기타 반주에 맞춰 흘러간 가요를 애절하게
利子하는 장님들 해남 대흥사 뒤뜰에 노랗게 핀
이름 모를 작은 꽃들 현금자동지급기 앞에 늘어서서
현금을 찾고 있는 利子들 불란서에서 공부하고 돌아와
불문학 교수가 된 시인들 설악산 대청봉에서 기념 사진을
찍고 있던 보이스카웃 대원들 나는 보았다 거리에서
사무실에서 TV에서 울창한 숲과 탁 트인 바다에서
백화점에서 종로에서 영등포에서 나는 보았다
利子 위에서 현란한 춤을 추며 노래 부르는 가수들
검은 옷을 걸치고 근엄하게 검은 의자에 앉아
판결을 내리는 판사들 利子를 빨며 곤히 잠든 아이들
파고다공원 뒤에서 利子를 꼬시기 위해 어슬렁거리는
동성연애자들 석양으로 물든 利子에 점점이 떠 있는 작은 섬들
利子를 깨서 상대방의 머리를 내려치던 주먹들
利子를 잉태한 어머니들 백사장에 누워 작열하는 利子에

몸을 태우고 있는 비키니들 나는 보았다
利子가 利子와 뒤엉켜 몸부림치는 광경을 나는
보았다 利子가 利子들 속으로 사라져가는 것을 나는
보았다 利子를 잡기 위해 달려가고 있는 利子의 무리를

장경린, 『사자 도망간다 사자 잡아라』(1993)

다음 정류장이 어디냐

기성복을 입은 한 신사가 의자에 앉아
동아일보를 읽고 있다 경찰총장의 뇌물수수 사건 기사를 읽다가
황급히 말아 쥐고 시청 앞에서 내린다
붉은 루즈를 짙게 바른 여자가
그 빈 의자에 앉는다 핸드백으로 드러난 허벅지를 가리고
눈을 창밖으로 튼 채 꼼짝하지 않고 있다
광화문에서 내린다
허리가 꼬부라진 백발의 노인이 다가서자
붉은 루즈 다음에 앉았던 대학생이 공손히 일어난다
백발의 노인이 그 빈 의자에 앉는다
그는 계속해서 주위 사람들에게 무엇인가 묻는다
다음 정류장이 어디냐, 지금 몇 시나 됐냐, 나이가 몇 살이냐, 박정희 각하 이후에 나라가 망해간다, 다음 정류장이 어디냐, 지금 몇 시냐
버스가 한강철교를 건너
사육신 묘 정류장에 이르자 노인이 내린다
사람들 틈을 비집고 튀어나온 뚱뚱한 아줌마가

그 빈 의자를 차지한다 미안해요 관절염이 심해서 미안해요

장경린, 『사자 도망간다 사자 잡아라』(1993)

설레임만이 당신과 나 하나이게

설레임은 멀고 내 그리움의 시작은 어둠에 묻혀 지나간 봄 여름 가을 겨울 그 수십 겹 무게보다 무겁습니다 그리운 것은 당신 몸속에 낸 무수한 나의 길입니다 길목마다 진달래 꽃물 번지고 길 끝 뫼봉 높아 백두며 묘향이며 온전한 설레임이었습니다 침엽수림 사이에 빛나던 깊이 모를 강물 위에 나 뗏목으로 누워 당신 기쁜 눈물 닿고 싶습니다 엇나간 불임의 세월 엮어도 그리움으로는 한 몸 아닙니다 첩첩한 설레임만이 당신과 나 하나이게 하는 빛입니다

김윤배, 『강 깊은 당신 편지』(1991)

아름다운 재앙

아황산의 지구는 아름답다
인류의 욕망이 자라는 동안
산성비 내리고 흰 꽃이 피고
죽음은 공룡처럼 자라
거대한 뿌리를 인류의 가슴으로 뻗는다
대지가 산성으로 녹슬어 부식되는 아황산의 제국들
지하에 핵버섯을 기르는 동안
아황산에 취해 꽃들이 시들고 나무들이,
새들이, 뱀들이, 물고기들이 다시 깨어나지 못하고
그것들보다 먼저 인류가 서서히 멸종의 길을 가고
지구는 다만 침묵의 무거운 띠를 두른 채
아름답게 저물어갈 때
아황산 저 거대한 독초만 최후의 순간까지 남아
산성비에 무성해지며 아메리카에서 아시아로
유럽에서 아프리카로
죽음의 황홀한 줄기를 뻗는다

켜켜한 정적만이 지구를 휘감고 있다

산성의 포자를 키우며
새로운 종의 문명을 가꾸어갈
아황산의 지구 아름다운 재앙

김윤배, 『따뜻한 말 속에 욕망이 숨어 있다』(1997)

얼굴을 붉히다

임하댐 수몰 지구에서 붉은 꽃대가 여럿 올라온 상사화를 캤다 상사화가 구근을 가진다는 것을 알고 있었지만 나는 놀랍도록 크고 흰 구근을 너덜너덜 상처 입히고야 그놈을 집에 가져올 수 있었다 아무도 없었지만 얼굴은 붉어지고 젖은 신문지 속 구근의 근심에 마음을 보태었다 깊은 토분을 골라 상사화를 심었어도 아침에 시들한 꽃대를 들여다보면 저녁에는 굳이 외면하고 말았다 여기저기 물어 비료며 살충제며 잔뜩 뿌리고 잔손을 대었지만 상사화의 꽃을 보고자 함은 물론 아니었다 살릴 수만 있다면 꽃은 아주 늦어도 대수롭잖다고 다짐했다 상사화 꽃대가 차례로 시들어갈 때 내 귀가는 늦어졌다 한밤중에 일어나 바깥의 상사화를 들여다보고 한숨 쉬는 내 불안을 알아보는 식구는 없었다 나는 꽃 필 상사화에 기대어 이제는 물 아래 잠긴 땅으로 하루하루를 흘려보냈다 언젠가 이곳도 물에 잠기리라 결국 내가 시든 줄기를 토분에서 뽑아냈을 때 상사화는 그러나 완전한 구근과 수많은 잔뿌리를 토해내었다 그 아래 두근거리는 둥근 세계가 숨어 있었으니, 시든 꽃대 대신 뾰족한 푸른 잎이 구근과 무거움을 딛고 겨울을 준비하였으니! 내 근

심은 겨우 꽃의 지척에만 머물렀던 것이다 나는 얼굴을 붉히고 상사화가 스스로의 꽃대를 말려 죽인 이유를 사람의 말로 중얼거려보았다

송재학, 『푸른빛과 싸우다』(1994)

별을 찾아 몸을 별로 바꾸는 이야기가 있다

결국 고무나무는 죽었다, 그 나무를 살리지 못한 자책감이 나무를 버리지 못해서 베란다 한구석 소철 화분 옆에 옮겼다 고무나무가 시들기 시작한 이후 몇몇 꽃집에 전화를 넣었지만 한결같이 숨을 쉬지 못해 그럴 거요, 한다 나는 결코 고무나무를 좋아하지는 않았다 사과나무 같은 부드러운 살결을 지니고 있었지만 오랜 나무가 지닌 목질의 깊이는 없었다 더욱이 고무라는 어감! 그 어린 열대 식물은 아파트의 공기를 견디지 못한 것이다 잎이 누렇게 뜨면서 나무는 살결마저 검게 변해갔다 그 나무를 통해 내가 꿈꿀 수 있는 인도차이나는 없었다 먼저 아이들이 못 견뎌 했다 새벽이면 잠깐 생기를 찾는 듯했으나 퇴근 무렵이면 어김없이 잎들이 졌다 그 나무가 완전히 죽기까지 몇 달이 걸렸다 어느 날 나무를 흔드니 남은 잎들이 남김없이 떨어졌다 버쩍 갈라진 고무나무 근처 봄이 시작되고 식구들은 소철의 부쩍 커가는 잎을 즐거워했다 어머니가 죽은 나무 아래 망개를 심었다

몇 달이 지나 여러 화분 틈에서 그 나무는 살아 숨 쉬는 것처럼 보인다 망개 덩굴이 치렁치렁 감고 올라간 고무나무는 푸른 잎과 푸른빛을 내뿜는다 흰 살결에 덩굴

흔적이 제대로 패고 오래전부터 망개 덩굴을 위해 잎을
모두 털어버리고 몸을 바꾼 것처럼 여겨지는…… 어쩌면
그 나무는 예쁜 망개 열매를 떨어뜨릴 수 있으리라

송재학, 『푸른빛과 싸우다』(1994)

구두

나는 새장을 하나 샀다
그것은 가죽으로 만든 것이다
날뛰는 내 발을 집어넣기 위해 만든 작은 감옥이었던 것

처음 그것은 발에 너무 컸다
한동안 덜그럭거리는 감옥을 끌고 다녀야 했으니
감옥은 작아져야 한다
새가 날 때 구두를 감추듯

새장에 모자나 구름을 집어넣어본다
그러나 그들은 언덕을 잊고 보리 이랑을 세지 않으며
날지 않는다
새장에는 조그만 먹이통과 구멍이 있다
그것이 새장을 아름답게 하는 것인지도 모른다

나는 오늘 새 구두를 샀다
그것은 구름 위에 올려져 있다
내 구두는 아직 물에 젖지 않은 한 척의 배,

한때는 속박이었고 또 한때는 제멋대로였던 삶의 한켠
에서
나는 가끔씩 늙고 고집 센 내 발을 위로하는 것이다
오래 쓰다 버린 낡은 목욕통 같은 구두를 벗고
새의 육체 속에 발을 집어넣어보는 것이다

송찬호, 『10년 동안의 빈 의자』(1994)

동백 열차

지금 여수 오동도는
동백이 만발하는 계절
동백 열차를 타고 꽃구경 가요
세상의 가장 아름다운 거짓말인 삼월의 신부와 함께

오동도, 그 푸른
동백섬을 사람들은
여수항의 눈동자라 일컫지요
우리 손을 잡고 그 푸른 눈동자 속으로 걸어 들어가요

그리고 그 눈부신 꽃그늘 아래서 우리 사랑을 맹세해요
만약 그 사랑이 허튼 맹세라면 사자처럼 용맹한
동백들이 우리의 달콤한 언약을 모두 잡아먹을 거예요
말의 주춧돌을 반듯하게 놓아요 풀무질과 길쌈을 다시
배워요

저 길길이 날뛰던 무쇠 덩어리도 오늘만큼은
화사하게 동백 열차로 새로 단장됐답니다
삶이 비록 부스러지기 쉬운 꿈일지라도

우리 그 환한 백일몽 너머 달려가봐요 잠시 눈 붙였다
깨어나면 어느덧 먼 남쪽 바다 초승달 항구에 닿을 거
예요

송찬호, 『붉은 눈, 동백』(2000)

혼자 가는 먼 집

당신……, 당신이라는 말 참 좋지요, 그래서 불러봅니다 킥킥거리며 한때 적요로움의 울음이 있었던 때, 한 슬픔이 문을 닫으면 또 한 슬픔이 문을 여는 것을 이만큼 살아옴의 상처에 기대, 나 킥킥……, 당신을 부릅니다 단풍의 손바닥, 은행의 두 갈래 그리고 합침 저 개망초의 시름, 밟힌 풀의 흙으로 돌아감 당신……, 킥킥거리며 세월에 대해 혹은 사랑과 상처, 상처의 몸이 나에게 기대와 저를 부빌 때 당신……, 그대라는 자연의 달과 별……, 킥킥거리며 당신이라고……, 금방 울 것 같은 사내의 아름다움 그 아름다움에 기대 마음의 무덤에 나 벌초하러 진설 음식도 없이 맨 술 한 병 차고 병자처럼, 그러나 치병과 환후는 각각 따로인 것을 킥킥 당신 이쁜 당신……, 당신이라는 말 참 좋지요, 내가 아니라서 끝내 버릴 수 없는, 무를 수도 없는 참혹……, 그러나 킥킥 당신

허수경, 『혼자 가는 먼 집』(1992)

불우한 악기

불광동 시외버스터미널
초라한 남녀는
술 취해 비 맞고 섰구나

여자가 남자 팔에 기대 노래하는데
비에 젖은 세간의 노래여
모든 악기는 자신의 불우를 다해
노래하는 것

이곳에서 차를 타면
일금 이천 원으로 당도할 수 있는 왕릉은 있다네
왕릉 어느 한켠에 그래, 저 초라를 벗은
젖은 알몸들이
김이 무럭무럭 나도록 엉겨붙어 무너지다가
문득 불쌍한 눈으로 서로의 뒷모습을 바라볼 때

굴곡진 몸의 능선이 마음의 능선이 되어
왕릉 너머 어디 먼 데를 먼저 가서
그림처럼 앉아 있지 않겠는가

결국 악기여
모든 노래하는 것들은 불우하고
또 좀 불우해서
불우의 지복을 누릴 터

끝내 희망은 먼 새처럼 꾸벅이며
어디 먼 데를 저 먼저 가고 있구나

허수경, 『혼자 가는 먼 집』(1992)

새떼들에게로의 망명

1

찌르라기떼가 왔다
쌀 씻어 안치는 소리처럼 우는
검은 새떼들

찌르라기떼가 몰고 온 봄 하늘은
햇빛 속인데도 저물었다

저문 하늘을 업고 제 울음 속을 떠도는
찌르라기떼 속에
환한 봉분이 하나 보인다

2

누군가 찌르라기 울음 속에 누워 있단 말인가
봄 햇빛 너무 빽빽해
오래 생각할 수 없지만

오랜 세월이 지난 후

나는 저 새떼들이 나를 메고 어디론가 가리라,

저 햇빛 속인데도 캄캄한 세월 넘어서 자기 울음 가파른 어느 기슭엔가로

데리고 가리라는 것을 안다

찌르라기떼 가고 마음엔 늘

누군가 쌀을 안친다

아무도 없는데

아궁이 앞이 환하다

장석남, 『새떼들에게로의 망명』(1991)

저 많은 별들은 다 누구의 힘겨움일까

보푸라기 이는 숨을 쉬고 있어
오늘은
교외郊外에 나갔다가
한 송이만 남은 장미꽃을 보고 왔어
아무도 보지 않은 자국
선명했어
숨결에 그 꽃이 자꾸 걸리데

보푸라기가 자꾸만 일어

저 많은 별들은 다 누구의 가슴 뛺일까
아스라한 맥박들이 자꾸 목에 걸리데

어머니,
"얘야, 네 사랑이 힘에 겨웁구나"
"예 어머니. 자루가 너무 큰걸요"

저 많은 별들은 다 누구의 힘겨움일까

장석남, 『지금은 간신히 아무도 그립지 않을 무렵』(1995)

바람 부는 날이면 압구정동에 가야 한다 6

구정동/구정동/'압'자 버리고도
남은 구정물 너무도 많아……
— 진이정의 「압구정동」에서

바람 부는 날이면, 압구정동에 가야 한다 사과맛 버찌맛
온갖 야리꾸리한 맛, 무스 스프레이 웰라폼 향기 흩날리는 거리
웬디스의 소녀들, 부티크의 여인들, 카페 상류사회의 문을 나서는
구찌 핸드백을 든 다찌*들 오예, 바람 불면 전면적으로 드러나는
저 호벅진 허벅지들이여 시들지 않는 번뇌의 꽃들이여
하얀 다리들의 숲을 지나며 나는, 끝없이 이어진 내 번뇌의 구름다리를
출렁출렁 바라본다 이 거추장스러운 관능의 육신과 마음에 연결된
동아줄 같은 다리를 끊는 한 소식 얻기 위하여, 바람 부는 날이면
한양쇼핑센터 현대백화점 네거리에 떡하니 결가부좌

틀고 앉아

온갖 심혜진 최진실 강수지 같은 황홀한 종아리를 뚫어져라 바라보며

부정관不淨觀**이라도 해야 하리 옛날 부처가 수행하는 제자에게 며칠을 바라보라 던져준

구더기 끓는 절세미녀의 시체, 바람 부는 날이면 펄럭이는 스커트 밑의

온갖 아름다움을, 심호흡 한번 하고, 부정해보리 내 눈은 뢴트겐처럼 번쩍

한 떼의 해골바가지를, 뼈다귀를, 찍어내려고 눈버둥친다 내 코는 일순

무스향에서 썩은 피고름 냄새를 맡아내려고 킁킁 벌름댄다, 정말 이러다

이 압구정동 네거리에서 내가 아라한의 경지에……? 아서라

마음속에 영원히 썩어 문드러지지 않을 것 같은 다리 하나 있다

바로 이 순간, 촌철살인적으로 다가오는 종아리 하나 있다 압구정동

배나무숲을 노루처럼 질주하던 원두막지기의 딸, 중학교 운동회 때

트로피를 휩쓸던 그 애, 오천 원짜리 과외공부 시간 책상 밑으로 내 다리를 쿡쿡 찌르던,

오천 원이 없어 결국 한 달 만에 쫓겨난 그 애, 배나무들을

뿌리째 갈아엎던 불도저를 괴물 아가리라 부르던 뚱그런 눈망울

한강다리 아래 궁글던 물새알과 웃음의 보조개 내게 던지고 키들키들

지금의 현대백화점 쪽으로 종다리처럼 사라지던, 그 후로

영영 붙잡지 못했던 단발머리 소녀의 뒷모습

그 눈부시던 구릿빛 종아리

* 일본인들을 상대로 하는 기생.

** 소승선으로, 아함경을 위주로 닦는 선. 모든 육신은 더럽다는 걸 관觀하는 것.

유하, 『바람부는 날이면 압구정동에 가야 한다』(1991)

세운상가 키드의 사랑 2

사춘기의 나날, 유일한 낙이 있었다면
오르넬라 무티, 린지 와그너, 엘리다 벨리……
세운상가 다리 위에서 이방의 여배우 이름이나 뇌까리
는 것,

세운상가, 욕망의 이름으로 나를 찍어낸 곳
내 세포들의 상점을 가득 채운 건 트레이시와 치치올
리나,
제니시스, 허슬러, 그리고 각종 일제 전자 제품들,
세운상가는 복제된 수만의 나를 먹어치웠고
내 욕망의 허기가 세운상가를 번창시켰다

후미진 다락방마다 돌아가던 8밀리 에로티카 문화 영화
포르노의 세상이 내 사랑을 잠식했다
여선생의 스커트 밑을 집요하게 비추던 손거울과
은하여관 2층 창문에 매달려 내면의 음란을 훔쳐보던
거울의 포로인 나, 오 그녀는 나의 똥구멍
가끔은 서양판 변강쇠 존 홈스가
나의 귀두에 다마를 박으라고 권했다

금발 여배우의 매혹이 부풀린 영화감독이라는 욕망,

진실은 없었다, 오직 후끼*된 진실만이 눈앞에 어른거렸을 뿐

네가 욕망하는 거라면 뭐든 다 줄 거야
환한 불빛으로 세운상가는 서 있고
오늘도 나는 끊임없이 다가간다 잡힐 듯 달아나는
마음 사막 저편의 신기루를 향하여,
내 몸의 내부, 어두운 욕망의 벌집이 웅웅댄다
그렇게 끝없이 웅웅대다가 죽음을 맞으리라
파열되는 눈동자, 충동의 벌 떼들이 떠나가고
비로소 욕망의 거울은 나를 놓아줄 것이다

* 중고 제품을 새것처럼 조작하는 기술을 가리키는 은어.

유하, 『세운상가 키드의 사랑』(1995)

꼬리가 있었다는데

1

나무 위에서 살았다는데,

가지에 대롱대롱 매달리기도 하고 빙글 재주도 넘다가 일없이 킥킥거리기도 했다는데, 풀쩍 뛰다가 뚝 떨어지기도 하고 화다닥 다시 올라가 시침 뗀 채 바나나나 까먹고, 그러다가 느닷없이 얼굴 구겨 이쪽저쪽 디밀어보고, 다 싱거워지면 이 나무 저 나무를 넘나들며 미끄럼도 타고 부러 별난 짓 찾아 길길이 맛 붙이다가, 제풀에 멋쩍어 아예 내려와 구부정하게 실룩실룩 걷다가 꼬리가 닳았다는데.

2

단내 풍기며 썩어가다가,

꼬리 같은, 개구리뜀이라도 토끼 발자국이라도 찾으려는데 펄펄 눈 내리면, 발 푹 묻겠지, 아주 딴눈 팔 듯 몸 풀겠지, 잠깐 새 속까지 묻힘에 썰렁한 웃음처럼 불쑥불쑥

세상 드러나면, 껍질 벗듯 이곳의 꿈 피울까, 까막잡기의
손짓에 눈이라도 받겠지, 그러면 이런 죽음에도 숨 돌까.

3

잊지 말아야 할 것까지 잊는,
꼴, 말, 짓, 그리고 속.
엉덩이가 가렵다?
긁어도 까맣게 몰라,
말 바꾸면 그뿐, 지나면 그만.

사람에 떠밀려,
하루살이 풀꽃처럼 팔다리 안으로 접으며
사람이 진다.

김휘승, 『햇빛이 있다』(1991)

사람?

사람이었을까 사람이 아니었을까,
서로 깃들지 못하는 사람 밖의 사람은.

……지나간다, 아이는 웃고 울고, 때없이 꽃들은 불쑥 피고, 눈먼 웃음소리, 휙 날아가는 그림자새, 곧 빗발 뿌릴 듯 몰아서 밀려오는 바람에 사람이 스친다, 비바람에 귀가 트일 때 사람이 가까워진다, 서로 사람이기를……
가다가다 되돌려지는 비, 빗발쯤으로 뿌리겠다.

숨 막바지에 텅 빈 하늘

김휘승, 『햇빛이 있다』(1991)

나무는 뿌리 끝까지 잡아당긴다

비는 내리고

나무들이 낮아지는 하늘을 흔들고 있다

높은 새집이 위태롭다

빗속에서 이 하루의 남은 빛을

나무는 뿌리 끝까지 잡아당긴다

어둡다

오늘도 병病 같은 우리를 덮치는 밤은

어디에서 오는지

온갖 소리들이 젖어 몸에 감기고

기둥 같은 내 슬픔도 완강하게 불어난다

어둠은 늘 내 몸에서 시작된다

내가 있는 곳은 유독 어둡고

바람은 밝은 물방울들을 훑어서 간다

어제의 그 슬픈 별도 숨은 이곳을 등지고

얼마나 멀리 나는 갈 수 있을지

빗물은 낮은 땅을 지우고

물속까지 어둠이 자꾸 모여드는데

조은, 『무덤을 맴도는 이유』(1996)

무덤을 맴도는 이유

알 수가 없다
내가 자꾸 무덤 곁에 오게 되는 이유
무덤 가까이에 몸을 둬야
겹겹의 모래 구릉 같은 하늘을 이고
나를 살게 하는 것들이
무덤처럼 형체를 갖는 이유

그러나, 알고 있다, 오늘도 나는
내 봉분 하나 넘어가지 못한다
새들은 곳곳에서 찢긴 하늘처럼 펄럭이고
그들만이 유일한 출구인 듯 눈이 부시다

알 수가 없다
무덤만 있는 이곳에 멈춰 있는 이유
막막함을 구부려 몸속으로 되밀어 넣으며
싱싱했던 것들이 썩는 열기를
느끼고 있는 이유

사람들이 몇 줄 글로 남겨놓은

비문을 찾아 읽거나
몸을 잿더미처럼 뒤지며
한 생명이 무덤 곁에 있다

조은, 『무덤을 맴도는 이유』(1996)

지독한 사랑

기차의 육중한 몸체가 순식간에 그대 몸을 덮쳐 누르듯
레일처럼 길게 드러눕는 내 몸

바퀴와 레일이 부딪쳐 피워내는 불꽃같이
내 몸과 그대의 몸이
부딪치며 일으키는 짧은 불꽃

그대 몸의 캄캄한 동굴에 꽂히는 기차처럼
시퍼런 칼끝이 죽음을 관통하는
이 지독한 사랑

내 자궁 속에 그대 주검을 묻듯
그대 자궁 속에 내 주검을 묻네

채호기, 『지독한 사랑』(1992)

못

그대의 살 속으로 들어가서
그대의 상처 속에서
비로소 자신을 세우는 못이여
나의 목에 온갖 삶의 무게가 짐 지워진다고 해서
어찌 고통을 호소하겠는가
서로의 아픔이 닿아 있어
그대 또한 고통 속에 있는 것을

그대여 나의 뿌리여
그대를 찔러
그대의 상처 속에서 비로소 나인 못이여

채호기, 『지독한 사랑』(1992)

바늘구멍 속의 폭풍

너무 오랫동안 사용해서 그의 육체는 낡고 닳아 있다. 숨을 쉴 때마다 목구멍과 폐에서 가르랑가르랑 소리가 난다. 찰진 분비물과 오물이 통로를 막아 바늘구멍처럼 좁아진 숨구멍으로 그는 결사적으로 숨을 쉰다. 너무 열심히 숨을 쉬느라 아무것도 생각할 수 없다. 숨이 차면 자주 입이 벌어진다. 벌어진 입으로 침이 질질 흘러나오지만 너무 심각하게 숨을 쉬느라 그것을 닦을 겨를이 없다.

밤이 되면 숨 쉬는 소리 외에는 아무 소리도 들리지 않는다. 목구멍에서 그르렁거리는 낮은 소리는 때로 갑자기 강해져서 거목을 뽑고 지붕을 날려버릴 것처럼 용틀임을 한다. 휘몰아치는 바람의 힘에 흔들려 그의 몸이 세차게 흔들리다가 이윽고 가래와 침을 뚫고 기침이 뿜어져 나온다. 기침이 나올 때마다 그는 목을 붙잡고 컹컹 짖으며 방바닥에서 뒹군다. 몸속에서 한바탕 기운을 쓴 바람은 차츰 조용해져서 다시 허파에 얌전히 들어앉아 가르랑거린다.

필사적으로 바람을 견디다가 찢어진 비닐 조각처럼,

떨어져 덜컹거리는 문짝처럼, 망가지고 허술해진, 바람을 더 견디기엔 불안한 몸뚱어리를 그는 조심스럽게 침대 위에 눕힌다. 조금이라도 호흡이 거칠어지거나 불규칙하면 몸속에서 쉬고 있는 폭풍이 꿈틀거린다. 숨이 바늘구멍을 무사하게 통과하게 하느라 그는 아슬아슬 호오호오 숨을 고른다. 불손했고 반항적이었던 생각들과 뜨겁고 거침없었던 감정들로 폭풍에 맞서온 몸은 폭풍을 막기에는 이젠 너무 가볍고 가냘프다. 고요한 마음, 꿈 없고 생각 없는 잠이 되려고 그는 더 웅크린다.

김기택, 『바늘구멍 속의 폭풍』(1994)

틈

튼튼한 것 속에서 틈은 태어난다
서로 힘차게 껴안고 굳은 철근과 시멘트 속에도
숨 쉬고 돌아다닐 길은 있었던 것이다
길고 가는 한 줄 선 속에 빛을 우겨넣고
버팅겨 허리를 펴는 틈
미세하게 벌어진 그 선의 폭을
수십 년의 시간, 분, 초로 나누어본다
아아, 얼마나 느리게 그 틈은 벌어져온 것인가
그 느리고 질긴 힘은
핏줄처럼 건물의 속속들이 뻗어 있다
서울, 거대한 빌딩의 정글 속에서
다리 없이 벽과 벽을 타고 다니며 우글거리고 있다
지금은 화려한 타일과 벽지로 덮여 있지만
새 타일과 벽지가 필요하거든
뜯어보라 두 눈으로 확인해보라
순식간에 구석구석으로 달아나 숨을
그러나 어느 구석에서든 천연덕스러운 꼬리가 보일
틈! 틈, 틈, 틈, 틈틈틈틈틈……
어떤 철벽이라도 비집고 들어가 사는 이 틈의 정체는

사실은 한 줄기 가냘픈 허공이다
하릴없이 구름이나 풀잎의 등을 밀어주던
나약한 힘이다
이 힘이 어디에든 스미듯 들어가면
튼튼한 것들은 모두 금이 간다 갈라진다 무너진다
튼튼한 것들은 결국 없어지고
가냘프고 나약한 허공만 끝끝내 남는다

김기택, 『바늘구멍 속의 폭풍』(1994)

사라진 손바닥

처음엔 흰 연꽃 열어 보이더니
다음엔 빈 손바닥만 푸르게 흔들더니
그 다음엔 더운 연밥 한 그릇 들고 서 있더니
이제는 마른 손목마저 꺾인 채
거꾸로 처박히고 말았네
수많은 창槍을 가슴에 꽂고 연못은
거대한 폐선처럼 가라앉고 있네

바닥에 처박혀 그는 무엇을 하나
말 건네려 해도
손 잡으려 해도 보이지 않네
발밑에 떨어진 밥알들 주워서
진흙 속에 심고 있는지 고개 들지 않네

백 년쯤 지나 다시 오면
그가 지은 연밥 한 그릇 얻어먹을 수 있으려나
그보다 일찍 오면 빈 손이라도 잡으려나
그보다 일찍 오면 흰 꽃도 볼 수 있으려나

회산에 회산에 다시 온다면

나희덕, 『사라진 손바닥』(2004)

땅 속의 꽃

땅 속에서만 꽃을 피우는 난초가 있다
땅 위로 모습을 드러내는 일이 없기 때문에
본 사람이 드물다 한다
가을비에 흙이 갈라진 틈으로 향기를 맡고 찾아온
흰개미들만이 그 꽃에 들 수 있다
빛에 드러나는 순간 말라버리는 난초와
빛을 피해 흙을 파고드는 흰개미,
어두운 결사에도 불구하고 두 몸은 희디희다

현상되지 않은 필름처럼 끝내 지상으로 떠오르지 않는
온몸이 뿌리로만 이루어진
꽃조차 숨은 뿌리인

나희덕, 『사라진 손바닥』(2004)

똥은 계급의 첨예한 반영이다
—그들의 신림동

고지로 가는 길은 가깝고도 멀다
행군의 아침

열두 소대가 사는 병영에
고지는 하나

훈련이 끝나면 고지에 똥을 싼다
욕을 한다 저 자식 또 물 붓지 않았네
물이 없으면 고지에는 똥만 있다

양동이와 바가지는
고지를 지키는 무기이다
적은 당신들의 창자 속에 있으니
길게 줄 선 내장들
차례로 고지를 향해 포를 쏜다

고지는 누렇게 도금한 갑옷을 입는다
많은 포탄이 투하될수록 갑옷은 두꺼워진다

무시 냄새 지독한 화학탄
기생충이 보글거리는 생물학작용제
거품이 끓는 수포작용제

포탄의 종류는 다양하지만
대응 조치는 하나

물을 붓는다
물은 똥보다 진하다

차창룡, 『해가 지지 않는 쟁기질』(1994)

우리들의 찌그러진 영웅

오늘도 똥을 밟았다
날마다 똥을 밟는다
개똥 소똥 사람똥
가리지 않고 잡식성으로 밟는다
오늘은 미끈한 사람똥을 밟았다
밟고는 뒤뚱 미끄러지다
간신히 무게중심을 잡았다
똥을 보았다 기름진 미색의 똥
똥도 나를 본다 똥 씹은 표정의 나
똥이 일그러진 목소리로 말한다
너는 눈도 없냐
멀쩡한 나를 밟고 다니게
하면서 콧김을 숭숭 내뿜는다
나는 할 말을 잃고
침만 퉤 뱉았다
침은 직사포로 날아가 똥 속에 박힌다
몇 송이 거품만 보글보글 끓다가
이내 사라진다
녀석, 똥에 동화된 것인가

화가 난 나는
호주머니에서 잠자고 있는 신문지를 깨워
똥 위에 눕혀버렸다

사설社說 : 어른스런 정치政治
　　　　—5공비리共非理 합리적으로 철저히 밝혀야

이럴 수가 있는가
똥의 위력에 굴복할 수밖에 없는 것일까
신문지를 뚫고 똥이 일그러진 눈으로 나를
빤히 쳐다보고 있는 것이 아닌가
갑자기 똥이 마렵다

차창룡, 『해가 지지 않는 쟁기질』(1994)

개똥참외

낫질 지게질도 할 수 없었던 어린 시절, 비틀거리는 아버지 대신 엄니가 꼴 베어 나를 때, 바지게 위에 참외 껍질이 섞여온 적이 있었지. 속상키도 해라. 할머니 몰래, 아버지도 몰래, 너만 믿는다는 장남도 몰래, 이리 잘 익은 노란 참외를 엄니 혼자 드셨구나. 콩을 까든지 말든지, 등 돌린 채 외양간에 풀을 던져주며 훌쩍였지. 송아지야, 그리고 사나흘 내리 설사해대는 어미소야. 너희들은 참외 껍데기라도 새기는데, 왜 나마냥 눈망울이 축축하니? 지푸라기와 섞음섞음 아껴주어도 풀 지게는 금방 비는데, 그러면 불쌍한 우리 엄니, 어깨에 멍 가실 날이 없는데. 화가 뻗치는 대로 뭉턱뭉턱 내려주었지

그런데, 아니! 이 깊은 바지게 안창에! 엄니는, 세상에서 제일 예쁜 노랑참외를 숨겨놓으셨네. 너무 바빠서 잊었구나, 앞치마에 손을 훔치며 아버지를 깨우시네. 뒤꼍 담 너머로 마실 가신 할머니를 부르시네. 꼴깍, 된장독은 오늘따라 더 부풀어오르고, 땡감의 이마는 노을에 반짝거리네. 엄니가 드신 것은 곯은 거라 하시네. 눈코 문드러진 썩은 거라 하시네. 외양간의 송아지와 어미소는 왜 또 눈망울이 젖어 있지

늦은 퇴근길, 입덧하는 아내를 위하여 과일을 고르며, 그 옛날의 젊은 엄니를 만나네. 저녁밥을 챙기지 못한 내 바지게 안창에서 송아지 울음소리 목이 메네. 나는 내 깊숙한 어딘가에 깜빡, 노랑참외를 숨겨놓은 적이 있었던가. 송아지 눈망울 같은 방울토마토들이 붉은 눈으로 쳐다보네

이정록, 『버드나무 껍질에 세들고 싶다』(1999)

의자

병원에 갈 채비를 하며
어머니께서
한 소식 던지신다

허리가 아프니까
세상이 다 의자로 보여야
꽃도 열매도, 그게 다
의자에 앉아 있는 것이여

주말엔
아버지 산소 좀 다녀와라
그래도 큰애 네가
아버지한테는 좋은 의자 아녔냐

이따가 침 맞고 와서는
참외밭에 지푸라기도 깔고
호박에 똬리도 받쳐야겠다
그것들도 식군데 의자를 내줘야지

싸우지 말고 살아라
결혼하고 애 낳고 사는 게 별거냐
그늘 좋고 풍경 좋은 데다가
의자 몇 개 내놓는 거여

이정록, 『의자』(2006)

서울에 사는 평강공주

동짓달에도 치자꽃이 피는 신방에서 신혼 일기를 쓴다 없는 것이 많아 더욱 따뜻한 아랫목은 평강공주의 꽃밭 색색의 꽃씨를 모으던 흰 봉투 한 무더기 산동네의 맵찬 바람에 떨며 흩날리지만 봉할 수 없는 내용들이 밤이면 비에 젖어 울지만 이제 나는 산동네의 인정에 곱게 물든 한 그루 대추나무 밤마다 서로의 허물을 해진 사랑을 꿰맨다

……가끔…… 전기가…… 나가도…… 좋았다…… 우리는……

새벽녘 우리 낮은 창문가엔 달빛이 언 채로 걸려 있거나 별 두서넛이 다투어 빛나고 있었다 전등의 촉수를 더 낮추어도 좋았을 우리의 사랑방에서 꽃씨 봉지랑 청색 도포랑 한 땀 한 땀 땀흘려 깁고 있지만 우리 사랑 살아서 앞마당 대추나무에 뜨겁게 열리지만 장안의 앉은뱅이 저울은 꿈쩍도 않는다 오직 혼수며 가문이며 비단 금침만 뒤우뚱거릴 뿐 공주의 애틋한 사랑은 서울의 산 일번지에 떠도는 옛날 이야기 그대 사랑할 온달이 없으므로 더더욱

박라연, 『서울에 사는 평강공주』(1990)

무화과나무의 꽃

나는 피고 싶다.
피어서 누군가의 잎새를 흔들고 싶다.
서산에 해 지면
떨며 우는 잔가지 그 아픈 자리에서
푸른 열매를 맺고 싶다 하느님도 모르게

열매 떨어진 꽃대궁에 고인 눈물이
하늘 아래 저 민들레의 뿌리까지
뜨겁게 적신다 적시어서
새순이 툭툭 터져오르고
슬픔만큼 부풀어오르던 실안개가
추운 가로수마다 옷을 입히는 밤
우리는 또 얼마만큼 걸어가야
서로의 흰 뿌리에 닿을 수가 있을까
만나면서 흔들리고
흔들린 만큼 잎이 피는 무화과나무야

내가 기도로써 그대 꽃 피울 수 없고
그대 또한 기도로써 나를 꽃 피울 수 없나니
꽃이면서 꽃이 되지 못한 죄가

아무렴 너희만의 슬픔이겠느냐
피어도 피어도 하느님께 목이 잘리는
꽃, 오늘 내가 나를 꺾어서
그대에게 보이네 안 보이는
안 보이는 무화과나무의 꽃을

박라연, 『서울에 사는 평강공주』(1990)

56억 7천만 년의 고독

21세기는 우리를, 마약과 동성애와 근친상간과 싸운
바보스러운 세대라고 기록할 것이다
성聖과 속俗과 천국과 지옥의 잠 속에서
나는 그대를 추모하지 않는다
당신은 꽃과 비의 정원에서
무엇인가에 불리어가는 듯한 썰물의 흉한 가슴
더 이상 볼 수 없었지만
모든 죽음들에게, 입에서 항문까지
비로소 내장된 세상이 환하게 보인다
기껏 보살펴주었더니 몸이 나를 배반한다
바람에 담쟁이덩굴이 온 집을 흔들어놓고
당신은 안개꽃을 먹으세요
나는 장미꽃을 다 먹어치우지요
사람들은 지하철에서 내일 신문에 코를 박고
방금 자신들이 떠나온 세상의 풍경들을 읽어내며
간단없을 생을 수군거립니다
권태롭듯이 아버지가 실내 낚시터에서 돌아오지 않고
형은 노래방에서 하루 종일 살았습니다
적막강산寂寞江山—, 오늘은 비가 징벌의 연대기처럼

내려

만화방창萬化方暢의 정원에서 식구들은

내 머리에 자라 있는 무성한 숲을 보고 놀라

시퍼런 낫을 들고 쳤지마는요 나는 늘 시원했습니다

나도 뜨겁거나 차지 않은 것들은 모두

내 입 밖으로 뱉아버리겠습니다

당신의 그 지루한 기다림만큼

아무것도 제시할 수 없는 이 위증의 세계에서

나도 그댈 겁나게 기다립니다

당신은 오래 꽃과 비의 정원에서 서 계세요

나는 넘치는 술잔을 들고 삼독번뇌의 바람을 기다리지요

함성호, 『56억 7천만 년의 고독』(1992)

봄내, 거기서 나는 죽어도 좋았다

바다를 보지 못해 나는 병들었다

헛헛한 꽃들이 마른버짐처럼 피어나는 한 철 송홧가루 날리는 독백의 산 그림자 속에서 나는 변절의 수상스런 기포를 끊임없이 뿜어 올리는 눈먼 쏘가리였다 청춘의 푸른 가시에 상처 입은 맨살 위로 축축한 안개에 불을 지르는 자학의 방화범, 얼른 잿더미로 화해버리지 못해 안달하곤 하던 번제의 부정한 제물이었다 솔잎혹파리에 침식당한 소나무숲을 가로질러 은·백·회색의 나무들을 기르는 긴 강이 비에 젖을 때 내 광활한 불의 나무숲도 그 중심으로 푸르게 젖어갔다 살아 있다면 흐르는 푸른 색으로 보호받고 싶었다—짙푸른 밤의 바다뱀 자리가 눈부신 햇살을 인 자작나무처럼 별들은 사원 목어의 빈 배를 두드리며 죽은 나무숲의 뿌리를 적시고는 곧, 지하의 수맥으로 흘러갔다 봄볕에 투사된 연녹색 이파리 위에서 봄볕보다 더 투명해져가던 카멜레온의 진정한 색은 무엇이었을까—무성한 수풀이 가르마처럼 갈라지며 종다리 우짖는 창천의 하늘 아래로 한 마리 정결한 산뱀이 사라져가고 가는 가지에서 막 자라는 순결한 잎은 마지막 내려앉은 불은 삐라처럼 빛났다 엄청난 수압의 폭포

를 뚫고 둥지를 키우는 물까마귀의 날개처럼 몰래 키워
온 내 어린 철쭉의 붉은 꽃잎도 폭설에 부러지는 예각의
솔가지로 눈멀어갔다 강의 상류로 흘러가는 일점 바람은
뛰어오르는 잉어의 아가미를 꿰어내고 봄내, 거기서 나
는 죽어도 좋았다

함성호, 『56억 7천만 년의 고독』(1992)

구더기의 꿈

구더기는 몸 담고 살던 구덩이가 싫어졌다
배가 불러오기 시작했다 기어올라가야 했다
구덩이에서 알을 깔 수는 없었다
더러운 생生을 물려줄 수는 없었다
알이 눈에 띄게 커지고 몸이
투명해지기 시작했다 너희들만은
깨끗한 곳에서 먹이를 찾아야 한다
목숨을 위해 더러운 곳으로 떨어지지
말아야 한다 터질 듯이 부른 배 속의 알을 끌고
수렁을 벗어났다 구더기는
목숨이 다할 때까지 아무도 모르는 곳으로 가
알을 낳았다 구더기는 빈 몸이 되어
눈부셨다

호기심 많은 눈을 뜨고 빛을 몰고
밖으로 나가는 새끼들

이윤학, 『먼지의 집』(1992)

잠만 자는 방

그해 겨울은 춥지 않았네. 그해 겨울은 아무 일도 없었네. 새끼손가락 걸었네. 다시는 오지 않을 겨울이었네. 눈 오지 않고 해 뜨지 않고 밤만 계속되었네. 종일 비만 내리고 다시 밤이 되어 잠들지 못했네. 그해 겨울이 가기 전에 방房을 비웠네. 마르지 않는 꽃, 꽃을 보았네. 그해 겨울 내내 켜둔 형광등 부르르 떨고 있었네. 거울에도 시계時計에도 사전事典에도 책꽂이의 빈칸에도 나는 숨었네. 밤비 오는 소리 창문을 때리고 나의 입술은 이제 아프지 않네. 반半지하. 습기 올라와 꽃 마르지 않던 그해 겨울의 방 한 칸. 형광등 흑점 점점 커지던 그해 겨울은 춥지 않았네.

이윤학, 『먼지의 집』(1992)

집에 돌아갈 날짜를 세어보다

나를 낳아준 집
그 죽음을 떠나 벌써 학교 생활 서른아홉 해
해도 해도 공부는 끝없고
새 과목 늘어가기만 한다
점수 나아지는 기색도 없어
흥미 잃을 때 많다
집에 대한 그리움 남아 있을 때
집에 대한 기다림 남아 있을 때
이젠 됐으니 그만 돌아와도 좋다
연락 왔음 좋겠다
모두 동댕이치고 보내온 사람 따라가겠다
집에서는 언제나 연락이 오려나
사실 집은 학교에 들여보낸 후 냉담하기만 했다
공부 힘들고 병나 몸 아프면 언제라도 돌아오거라
다정한 목소리 보내준 일 없다
환상과 환청이 와서 집 쪽을 보여주곤 했다
집이 어떤 기슭 아래서 너울거렸다
문이 천천히 열리고 창의 커튼이 밖으로 흘렀다
어머닐까. 어머니 같은 여자 웃는 듯 손짓이

아버질까. 아버지 같은 남자 어스름히 이쪽을
그 먼 거리를 순식간에 달려온 어떤 소리가 귓가에 닿았다
정녕 그냥 돌아오겠느냐
데려올 사람에게 채비를 시키겠다
그렇게 환상과 환청이 깊게 오고 나면
돌아갈 날짜를 꼽다가 꼽은 숫자를 자꾸 놓친다
지친다. 집에 대한 그리움도 기다림도 흐려진다
아주 가끔 지루한 학교 생활 속에 비상이 울린다
지난봄 소풍 땐 어지럼증이 있었던 소년 하나가
뱅뱅 나비를 잡다가 쓰러졌다
집이 가만히 다가와
늘어뜨린 팔소매로 소년을 안고 사라졌다
반란과 거역의 아름다움을 이루려는 젊은이 하나는
주머니칼로 제 성기를 잘라 집을 향해 먹였다
그럴 때면 그들의 친한 이웃 몇몇은
아련해하고 안타까워하다가 말수가 줄었다
이웃들의 마음속엔 어쩜
십 년짜리 공부 마치고

또 이십칠 년짜리 공부 마치고
일찍 어쨌든 당당히 돌아가는 이들도 있는데 하는
부러움이 섞여 있지 싶기도 했다
이 삶이라는 거대한 학교에 모여
얼마만큼 당당해져야 할까
밤늦도록 눈을 비비며 생활을 계산하는
동문수학하는 거대한 수의 학생들의 얼굴 경이롭고 두려웠다
자퇴와 무단 결석을 맘먹기도 했다
오직 집으로 다시 돌아가기 위해서만 공부하는 거라면
아닐 것이다. 어떻게
집으로 잘 돌아갈 것인가를 위해 그것을 위해
쉰두 해 예순여덟 해 넘기도록 기다리는 이들도 적지 않은데
나는 잘 돌아갈 가망이 있는 것일까
처음엔 쉰두 해 예순여덟 해 넘기도록 학교에 끌려 나와
그래 끌려 나와 공부건 청소건 심부름이건 해야 하는 이들
나보다 더 지지부진한 이들이 없진 않구나 위안 삼았

지만

학교의 뿌연 유리창을 잘 닦자고 닦다가 깨뜨린 날부터

훌륭해 보이기 시작하는 그들

그들도 모두 떠나온 집을 사랑하고 기다리는 것이다

집에서는 언제나 만족하려나

언제나 우리의 공부를 멈추게 하고 따뜻이 불러들이려나

그 집, 죽음 말고 어디를 더 갈 데가 있겠는가

그 집, 죽음 말고 어디가 우리를 품어주겠는가

집이 사랑으로써 우리를 학교에 보내 가르쳤으니

공부 다 마친 날

학교 입학하기 전의 일곱 살짜리 어린아이의 명랑한 말씨로

집 당도해 대문을 열며 크게 인사할 것이다

학교 다녀왔습니다

이제는 얼마든지 쉬고 잘 수 있는 기쁨과 평안을 안고서 다시 한번

학교 잘 다녀왔습니다

그런 올올한 공부를 위해 오늘도 학교에 출석하였으니

집에 돌아갈 날짜를 세어본다는 일은 부질없다
집이 나를 꼭 부를 것이고
집으로 내가 태어난 죽음으로
왜 내가 가지 않겠는가 왜 우리가

* 이 시는 곽노순 교수 명상집 『큰 사람—그대 삶의 먼동이 트는 날』(다산글방, 1990) 중 "빈 주머니여서 큰 웃음이 나도록 살아가라"라는 제목의 짧은 글에서 모티프를 얻었다. 그리고 두어 말 인용했다. 전문을 옮긴다.

> 죽음이 나를 털려 할 때 빈 주머니여서 큰 웃음이 나도록 살아가라/우리가 생겨날 적의 상태로 돌아가는 것을 빈 주머니라 한다/그리로 가까이 갈수록 긴 여정의 피곤이 가셔진다/그리고 여정이 끝나는 날 대문을 밀고 들어가/"학교 다녀왔습니다"라고 하는 학생의 기쁨을 얻으리라.

이진명, 『집에 돌아갈 날짜를 세어보다』(1994)

여름에 대한 한 기록

나는 한 아름다운 집을 기억합니다
여름에 그 집은 더욱 아름다웠고 하염없었습니다
그 집은 내가 오랫동안 살았던 도시의 한 동네
막다른 길 끝에 있었습니다
산책을 좋아하는 나는 한여름에도 동네 길을 오릅니다
그 집은 동네에서 제일 야트막했고
제일 헐어 보였습니다
기와지붕은 비닐로 덧대고 돌로 눌러놓았습니다
대문은 나무로 짠 구식이었는데
하늘색 칠이 거의 벗겨진 채였습니다
이 집 사람들은 기와 고칠 염도
대문을 새로 칠할 염도 내지 않으려나 봅니다
그렇게 여름날의 산책에서 그 집을 처음 보았습니다
집 모양새에 비해 뒤 터는 아주 넓었습니다
주위의 새로 지은 이층집 덩치들도
그 넓은 뒤 터는 막지 못했습니다
무 배추 상추 쑥갓 시금치 파 고추
뒤 터는 내가 헤아릴 수 있는 이름의 푸른 것들이 한껏
일궈져 있었습니다

담장에 붙어 까치발을 하면 그것들을 다 읽을 수 있었습니다
아마 그 집의 노인네였을 테지요
양손에 호미와 물뿌리개를 나눠 든 노인네
호미와 물뿌리개를 놓고 다시
저쪽 가에서 물 대는 호스를 끌고 오는 노인네
노인네는 구부정한 등 펴는 법 없어
담장에 붙어선 나와 마주친 적 없습니다
한여름 내내 쉬는 날의 산책은 그 집을 향했습니다
동네의 막다른 길 끝
그러나 뒤 터 한쪽은 하늘까지라도 뚫렸지요
푸른 것들의 이름을 읽으려
담장에 붙어 까치발하곤 하던 나날
노인네 안 보이면
햇빛 아래 놓여진 빈 물뿌리개
푸른 것들 속에 끌어당겨진 호스를 대신 보았습니다
상추 시금치 쑥갓……
하고 읽어가다가
담 밑 어느 결에 놓여진

그물끈이 풀어졌을 그물의자를 대신 보았습니다

그물의자 등에 수건이 걸쳐져 있는 것을 대신 보았습니다

여름 햇빛은 그 집의 뒤 터에서 언제까지나

언제까지나 쏟아지는 이미지처럼

담장에 매달린 내 얼굴은 그 여름 내내

사과알로 발갛게 만들어져갔습니다

이진명,『집에 돌아갈 날짜를 세어보다』(1994)

아직도 신파적인 일들이

한 여인의 첫인상이 한 사내의 생을 낙인찍었다
서로 비껴가는 지하철 창문
그 이후로 한 여인은 한 사내의 전 세계가 되었다
우리가 순간이라는 것을 믿는다면
한 사내의 전 세계는 순식간에 생겼다
세계는 한없이 길고 어두웠으나
잠깐씩 빛이 없는 것은 아니었다.

웃을 때는 입이 찢어지고
울 때는 눈이 퉁퉁 붓던 한 사내
그러나 우리가 순간이라는 것을 믿는다면
한 사내의 전 세계는 순식간에 무너졌다
표정의 억양이 문드러지고
아무리 움직이려 해도 몸이 말을 듣지 않았다
밤과 낮의 구별이 없어졌다.

과연 일부러,
도대체 일부러 한 여인이 한 사내의 세계를 무너뜨렸겠는가

자기도 어쩔 수 없이, 혹은 자기도 모르는 사이에,
우리가 그런 말을 믿는다면
우리는 아무도 미워할 수 없으리
한 사내는 한 여인을 용서하였으나
아무도 미워하지 않는 자는 죽음을 직시하게 되는가.

이제 한 사내는 한 여인의 창가에 있다
닫힌 세계는 그 스스로 열어 보이기 전까지는
두드려도 열리지 않았다
한 사내는 자기도 모르는 사이에 웅얼웅얼거리며 혼자서
한 여인과의 모든 대화를 끝냈다
깜짝 놀라 공기총 방아쇠를 당겼다
한 여인의 첫인상이.

김중식, 『황금빛 모서리』(1993)

이탈한 자가 문득

우리는 어디로 갔다가 어디서 돌아왔느냐 자기의 꼬리를 물고 뱅뱅 돌았을 뿐이다 대낮보다 찬란한 태양도 궤도를 이탈하지 못한다 태양보다 냉철한 뭇별들도 궤도를 이탈하지 못하므로 가는 곳만 가고 아는 것만 알 뿐이다 집도 절도 죽도 밥도 다 떨어져 빈몸으로 돌아왔을 때 나는 보았다 단 한 번 궤도를 이탈함으로써 두 번 다시 궤도에 진입하지 못할지라도 캄캄한 하늘에 획을 긋는 별, 그 똥, 짧지만, 그래도 획을 그을 수 있는, 포기한 자 그래서 이탈한 자가 문득 자유롭다는 것을

김중식, 『황금빛 모서리』(1993)

레바논 감정

수박은 가게에 쌓여서도 익지요
익다 못해 늙지요
검은 줄무늬에 갇혀
수박은
속은 타서 붉고 씨는 검고
말은 안 하지요 결국 못 하지요
그걸
레바논 감정이라 할까 봐요

나귀가 수박을 싣고 갔어요
방울을 절렁이며 타클라마칸 사막 오아시스
백양나무 가로수 사이로 거긴 아직도
나귀가 교통수단이지요
시장엔 은반지 금반지 세공사들이
무언가 되고 싶어 엎드려 있지요

될 수 없는 무엇이 되고 싶어
그들은 거기서 나는 여기서 죽지요
그들은 거기서 살았고 나는 여기서 살았지요
살았던가요, 나? 사막에서?

레바논에서?

폭탄 구멍 뚫린 집들을 배경으로
베일 쓴 여자들이 지나가지요
퀭한 눈을 번득이며 오락가락 갈매기처럼
그게 바로 나였는지도 모르지요

내가 쓴 편지가 갈가리 찢겨
답장 대신 돌아왔을 때
현실이 꿈 같아서
그때는 현실이 아니라고 우겼는데
그것도 레바논 감정이라 할까요?

세상의 모든 애인은 옛애인이 되지요*
옛애인은 다 금의환향하고 옛애인은 번쩍이는 차를 타고
옛애인은 레바논으로 가 왕이 되지요
레바논으로 가 외국어로 떠들고 또 결혼을 하지요

옛애인은 아빠가 되고 옛애인은 씨익 웃지요

검은 입술에 하얀 이빨
옛애인들은 왜 죽지 않는 걸까요
죽어도 왜 흐르지 않는 걸까요

사막 건너에서 바람처럼 불어오지요
잊을 만하면 바람은 구름을 불러 띄우지요
구름은 뜨고 구름은 흐르고 구름은 붉게 울지요
얼굴을 감싸 쥐고 징징거리다
눈을 흘기고 결국

오늘은 종일 비가 왔어요
그걸 레바논 감정이라 할까 봐요
그걸 레바논 구름이라 할까 봐요
떴다 내리는
그걸 레바논이라 합시다 그럽시다

* 박정대의 시 「이 세상의 애인은 모두가 옛 애인이지요」 중에서.

최정례, 『레바논 감정』(2006)

햇살 스튜디오

그걸 믿어야 하나
깜빡이는 순간에 넘어가고 마는
사기꾼의
사기꾼의 침 발린 아양 같은
먼지 속에 부유하는 그 말

화계동 사거리 먼지 골목의 입구
사진관 햇살 스튜디오
백일 사진, 돌 사진, 증명사진 위로
햇살 떨어지며
옛날 사진 합성! 훼손 사진 복원!이라는 말
찢어진 사랑도 감쪽같이 기워줄 듯한 그 말

찢어버린 사진들아, 모멸의 시간아,
울면서 노래하지 않았었니
이 몸은 흘러가니 옛터야 잘 있거라고

남북통일 그날이라도 온 것처럼
남남북녀 부둥켜 들러붙은 것처럼

옛사랑 옛 노래 붙잡고

영정 사진도 훼손 사진도
그곳에 벗어두면
햇살 속 먼지의 꿈속에서
깨어나 춤추게 되는 거니?

목덜미에 아양 떨며 파고드는 햇살아
뿌리칠 수 없는 이 사기꾼의 밀어蜜語들아

최정례, 『레바논 감정』(2006)

삼베옷을 입은 자화상

폭우가 쏟아지는 밖을 내다보고 있는
이 방을 능우헌凌雨軒이라 부르겠다
능우헌에서 바라보는 가까이 모여 내리는
비는 다 직립直立이다
휘어지지 않는 저 빗줄기들은
얼마나 고단한 길을 걸어 내려온 것이냐

손톱이 길게 쩍 갈라졌다
그 사이로 살이 허옇게 드러났다
누런 삼베옷을 입고 있었다
치마를 펼쳐 들고 물끄러미 그걸 내려다보고 있었다
내가 입은 두꺼운 삼베로 된 긴 치마
위로 코피가 쏟아졌다
입술이 부풀어올랐다
피로는 죽음을 불러들이는 독약인 것을
꿈속에서조차 너무 늦게 알게 된 것일까

속이 들여다보이는 창窓봉투처럼
명료한 삶이란

얇은 비닐봉지처럼 위태로운 것
명왕성처럼 고독한 것

직립의 짐승처럼 비가 오래도록 창밖에 서 있다

조용미, 『삼베옷을 입은 자화상』(2004)

꽃 핀 오동나무 아래

꽃 핀 오동나무를 바라보면
심장이 오그라드는 듯하다
하늘 가득 솟아 있는 연보랏빛 작은 종들이 내는
그 소릴 오래전부터 들어왔다
오동 꽃들이 내는 소리에 닿을 때마다
몸이 먼저 알고 저려온다

무슨 일이 있었나 내 몸이
가얏고로 누운 적이 있었던 걸까
등에 안족을 받치고 열두 줄 현을 홑이불 삼아 덮고
풍류방 어느 선비의 무릎 위에 놓여
자주 진양조로 흐느꼈던 것일까

늦가을 하늘 높은 어디쯤에서 내 상처인 열매를
새들에게 나누어 준 적도 있었나
마당 한켠 오동잎 그늘 아래서
한세상 외로이 꽃이 지고 피는 걸 바라보며
살다 간 은자이기도 했을까

다만 가슴이 빼개어질 듯
퍼져 나가려는 슬픔을 동그랗게 오므리며
꽃 핀 오동나무 아래 지나간다

무슨 일이 있었나 나와 오동나무 사이에
다만 가슴이 빼개어질 듯
해마다
대낮에도 환하게 꽃등을 켠
오동나무 아래 지난다

조용미, 『삼베옷을 입은 자화상』(2004)

달팽이

달팽이 한 마리가 집을 뒤집어쓰고 잎 뒤에서 나왔다
자기에 대한 연민을 어쩌지 못해
그걸 집으로 만든 사나이
물집 잡힌 구름의 발바닥이 기억하는 숲과 길들
어스름이 남아 있는 동안 물방울로 맺혀가는
잎 하나의 길을 결코 서두르는 법 없이
두 개의 뿔로 물으며 끊임없이 나아간다
물을 먹을 때마다 느릿느릿 흐르는 지상의 시간을
등허리에 휘휘 돌아가는 무늬의 딱딱한 껍질로 새기며,
굴뚝으로 빠져나가는 연기에 섞여
저녁 공기가 빠르게 세상을 사라져갈 때
저무는 해에 낮아지는 지붕들이 소용돌이치며
완전히 하늘로 깊이 들어갈 때까지,

나는 거기에 내 모습을 떨어뜨리고 묵묵히 푸르스름한,
비애의 꼬리가 얼굴을 탁탁 치며 어두워지는 걸 바라
본다

박형준, 『나는 이제 소멸에 대해서 이야기하련다』(1994)

나는 이제 소멸에 대해서 이야기하련다

어둠을 겹쳐 입고 날이 빠르게 어두워진다
가지 속에 웅크리고 있던 물방울이 흘러나와 더 자라지 않는,
고목나무 살갗에 여기저기 추억의 옹이를 만들어내는 시간
서로의 체온이 남아 있는 걸 확인하며
잎들이 무섭게 살아 있었다

천변의 소똥 냄새 맡으며 순한 눈빛이 떠도는 개가
어슬렁어슬렁 낮아지는 저녁 해에 나를 넣고
키 큰 옥수수밭 쪽으로 사라져간다
퇴근하는 한 떼의 방위병이 부르는 군가 소리에 맞춰
피멍울 진 기억들을 잎으로 내민 사람을 닮은 풀들
낮게 어스름에 잠겨갈 때,

손자를 업고 나온 천변의 노인이 달걀 껍질을 벗기어
먹여주는 갈퀴 같은 손끝이 두꺼운 마음을 조금씩 희고
부드러운 속살로 바꿔준다 저녁 공기에 익숙해질 때,
사람과 친해진다는 것은 서로가 내뿜는 숨결로

호흡을 나누는 일 나는 기다려본다

이제 사물의 말꼬리가 자꾸만 흐려져간다
이 세계는 잠깐 저음의 음계로 떠는 사물들로 가득 찬다
저녁의 희디흰 손가락들이 연주하는 강물로
미세한 추억을 나르는 모래들은 이 밤에 사구를 하나
만들 것이다

지붕에 널어 말린 생선들이 이빨을 딱딱 부딪치며
전혀 다른 말을 하기 시작하고,
용암熔岩처럼 흘러다니는 꿈들
점점 깊어지는 하늘의 상처 속에서 터져 나온다
흉터로 굳은 자리, 새로운 별빛이 태어난다

그러나 나는 이제 소멸에 대해서 이야기하련다
허름한 가슴의 세간살이를 꺼내어 이제 저문 강물에
다 떠나보내련다
순한 개가 나의 육신을 남겨놓고 눈 속에 넣고 간
나를, 수천만 개의 반짝이는 눈동자에 담고 있는

멀리 키 큰 옥수수밭이 서서히 눈꺼풀을 내릴 때

박형준,『나는 이제 소멸에 대해서 이야기하련다』(1994)

푸른 개와 놀았다

1

아 아 이제 더 이상 죽이지 말자 이것이 아니다 이것이 아니야 저 새들과 꽃과 나무처럼 내 여린 가슴에 그대 흙을 담고서 잎 지고 꽃 피고 잎 지고 꽃 피고 이것이 아니다 이것이 아니야 그래, 여기 등 굽어 그대 날개 치는 푸른 개여 하늘 강江 어귀 이것이 아니란 말이다 이것이 아니야 쇠스랑 물고 푸른 개야 날개 치는 푸른 개야 더 이상, 죽이지 말고 컹, 컹, 컹, 하늘 보고 짖지 말아다오 내 마음의…… 개야 물빛 심장 죽은 개야

그때 멀리서도 왔지 고운 연등蓮燈 들고 왔어 몇 바퀴 이 굽은 나무 돌아 여기까지, 끌고 왔어 멀리서도 왔어 나 물빛 바닥 당신 앞, 엉엉 울었다 내가 잘못했어 울었어 뼛속 물 묻은 너 바닥, 붙들고 불꽃같이 울었어 솟는, 개야

……검은 배 검은 배 오직 물 묻은 뼛속 노을 노 저어 푸른 방 헤집고 물살 가르는 검은 배 검은 배 혓바닥 같은 낫 들고 흰 머리 검은 고개 어머니 신주神主단지 모시

며 어머니 어서 돌아들 가시오 강물에 띄워보낸 상여몸이야 환속還俗할 요령 소리 울릴 테지만 어머니 쩔렁, 쩔렁, 푸른 잎 갉아먹고 어머니 이 무덤에 피가 돌아요 바람이 불어요 엄마아 여기가…… 검은 배 검은 배 다시 한번만 몸 푸른 등 끌며 노 저어 오라 노 저어 오라 여기 등 굽은 시대, 누워 날개칠 그대 오라 어여 여기……

2

아저씨 그러면 저는 식물처럼 혼자 걸어요 달과, 달이 불러들인 그 기나긴 무덤들, 혼魂들 하나 둘 이승의 하수구 물빛 부여잡고 일어나 어제 죽은 황씨黃氏 장례식에 참석하고 오늘은 듬성듬성 무덤 끌어 거리로 가지요 식물처럼 나는요 그들의 신발 검은 뿌리 붙들고 조금씩 조금씩 돋아나, 생채기 물방울이에요

—아저씨 저 좀 데리고 가주세요 네!

혼들은 피 흘리며 전봇대 쇠뭉치 뛰어넘어 시대時代의 험한 전깃줄 날아 하늘로 하늘로 떠갔지만 나는요 식물처럼 나무, 등걸에 굳어, 섰는 소녀의 팔을 잡아요

—얘야 우리가 불러들인 죄罪는 우리가 갚아야……
—아니에요, 아니에요 아저씨 당신은 식물인걸요
—그렇지만 얘야……

3

푸른 개와 놀았다 채소밭 오이밭 파 마늘 그런 모든 것들
어기적, 어기적, 씹어 먹는 푸른 개
나는,
내 생애가 조금씩 줄어든다고 들판을 달리며 비명을 질렀다
푸른 개가 달려와서
이봐 친구, 어서 이 파를 먹어

……

어제도, 붉은 열매를 물고 죄의 강으로 갔다

물고기들이, 상처를 물고 벙긋벙긋, 입 맞추었다

—내 것을 주세요 내 것을 주세요

떼 지어 소리쳤다 한이 맺혔어

4

무지갯빛 개망초꽃 무지갯빛 개망초꽃
산山으로 하산下山하는 무지개 핏덩어리
소리에 타들어가는 마지막 노을
……반점斑點이야 날개 치는, 바다니? 병病이야, 생명은?……
누가 와서 울어다오 울어줘 어서! 하산하는, 무지갯빛아

이끼 돋았니 집 없다 개망초꽃이 너의
이름이고 퐂말이야 잊어야지 한恨의 세월 안 그래
이정표里程標가 온통 청동빛 구리로 활활 타오르고 있어
눈이 온다고! 눈이 온다고!

푸른 개와 놀았다 그리고, 울부짖었다
들판 따라 떨어지는 무수한, 생애生涯 우박들, 밟혔다
깜깜한
밤이 왔다

— 으깨어지는 생, 으깨어지는 집이여

그리고 그 후 당신 입가에 묻은

물가에 갔다 푸른 개와 놀았다 주검이 헤엄치더라 당신, 발밑 돋아나는 풀이더라 우연히 봤다 천둥이 쳤고, 까마귀 울었다 검은 울음 뒤 떨어지는 물, 가에 갔다 물빛 보았다 집, 헐은 산 주검이…… 둥둥 뜨더라 물가에 갔다 돌아보지 말고 몸속

떠나다오! 푸른 개야

김태동, 『청춘』(1999)

내 영혼의 마지막 연인

슬픔이 다하는 날 나는 길모퉁이에서 내 영혼의 마지막 연인을 떠나보내며
아름답게 죽어가리라 그런 아름다운 시절이 있었다고 담벼락
굵은 글씨로 써 내려가리라 빗물이 하염없이 내 마지막 숨결의 영상을 흘러갈지라도
나 그 빗물 되어 사랑했었다고 소리치리라 떠나면 돌아오지 않을 사람도
오랜 침묵 뒤 저 금빛 저무는 산 한 그루 나무가 되리니
누구보다 먼저 아름다운 시절 사랑했었다고 목이 메는 갈매기도 세월은 늘
물결 부서지는 암초 더미에 걸려 가족을 잃고 사랑을 잃고
푸르게 푸르게 울고 있듯이
슬픔이 다하는 날 나 돌아보지 않으며
나,
이 아름다운 시절 사랑하며 이곳을 떠난다고 길모퉁이
지워지는 내 영혼의 마지막 연인이여
연인이여 빗물이 하염없이 내 마지막 숨결의 영상을

흘러간다

이런 아름다운 시절이 있었다고 이런 아름다운 시절이

김태동, 『청춘』(1999)

나는 클릭한다 고로 나는 존재한다

잉크 냄새가 밴 조간신문을 펼치는 대신 새벽에
무향의 인터넷을 가볍게 따닥 클릭한다
신문 지면을 인쇄한 모습 그대로
보여주는 PDF 서비스를 클릭한다
코스닥 이젠 날개가 없다
단기 외채 총 500억 달러
클릭을 할 때마다 신문이 한 면씩 넘어간다
나는 세계를 연속 클릭한다
클릭 한 번에 한 세계가 무너지고
한 세계가 일어선다
해가 떠오른다 해에도 칩이 내장되어 있다
미세 전극이 흐르는 유리관을 팔의 신경 조직에 이식
몸에서 나오는 무선 신호를 컴퓨터가 받는다는
12면 기사를 들여다보다
인류 최초의 로봇 인간을 꿈꾼다는 케빈 워윅의
웹 사이트를 클릭한다 나는 28412번째 방문객이다
나도 삽입하고 싶은 유전자가 있다
마우스를 둥글게 감싼 오른손의 검지로 메일을
클릭한다 지난밤에도 메일은 도착해 있다

캐나다 토론토의 k가 보낸 첨부 파일을 클릭한다
붉은 장미들이 이슬을 꽃잎에 대롱대롱 매달고
흰 울타리 안에서 피어난다
k가 보낸 꽃은 시들지 않았다
곧바로 나는 인터넷 무료 전화 dialpad를 클릭한다
k의 전화번호를 클릭한다
나는 6589 마일리지 너머로 연결되고 있다
나도 누가 세팅해놓은 프로그램인지 모른다
오른손으로 미끄러운 마우스를 감싸 쥐고 나는
문학을 클릭한다 잡지를 클릭한다
문학 웹진 노블 4월호를 클릭한다
사막이 아름다운 것은 그것이 어딘가에 샘을
감추고 있기 때문이라고 표지의 어린 왕자는
자꾸자꾸 풍경을 바꾼다 창을 조금 더 열고
인터넷 서점 알라딘을 클릭한다 신간 목록을 들여다
보다
가격이 20% 할인된 폴 오스터의
우연의 음악과 15% 할인된 가격에
르네 지라르의 폭력과 성스러움을 주문 클릭한다

창밖 야채 트럭에서 쿵쿵거리는
세상사 모두가 네 박자 쿵착 쿵착 쿵차자 쿵착
나는 뽕짝 네 박자를 껴입고 트럭이 가는
길을 무심코 보다가 지도를 클릭한다
서울에서 출발하는 길 하나를 따라가니 화엄사에
도착한다 대웅전 앞에 늘어선 동백 안에서
목탁 소리가 퍼져 나온다 합장을 하며
지리산 콘도의 60% 할인 쿠폰을 한 매 클릭한다
프린터 아래의 내 무릎 위로
쿠폰이 동백 꽃잎처럼 뚝 떨어진다 나는
동백 꽃잎을 단 나를 클릭한다
검색어 나에 대한 검색 결과로
0개의 카테고리와
177개의 사이트가 나타난다
나는 그러나 어디에 있는가
나는 나를 찾아 차례대로 클릭한다
광기 영화 인도 그리고 **나**·········**나**누고
······**나**오는···**나**홀로 소송······또**나**(주)···
나누고 싶은 이야기······지구와 **나**············

따닥 따닥 쌍봉낙타의 발굽 소리가 들린다
오아시스가 가까이 있다
계속해서 나는 클릭한다 고로 나는 존재한다

이원, 『야후!의 강물에 천 개의 달이 뜬다』(2001)

전자 사막에서 살아남기 위해

전자 사막에서 유목하며 살아남기 위해
노새를 살까 양을 살까
낙타 한 쌍을 살까
흰 털이 고불거리는 양 열 마리에
양치기 개인 코리종도 함께 살까 외로움은
낙타의 육봉에 넣어둘까 양의
꼬리에 넣어둘까
유목민으로 살아남기 위해 야생 아네모네 씨를
구해볼까 개양귀비 씨를
구해볼까 튤립 씨도 구해볼까
코오롱 텐트를 하나 살까
복숭아향과 레몬향이 첨가된 생수를
한 박스 사둘까 김춘수 시전집을 따로 하나
포장해놓을까 액정이 푸른 손목시계를
하나 살까 트렉스타 등산화를
하나 맞출까 약한 위장과 심장을
하나씩 더 주문 예약해둘까
소니에 신형 워크맨 구입 예약을 해놓을까
휴대폰의 배터리를 열 개쯤 더 구입할까
이리듐 위성전화를 12개월 할부로 구입할까

그리고 북방으로 길을 떠날까
남방으로 길을 떠날까
케냐로 가서 낙타의 피와 우유를 섞어 마시는
렌디레족이 될까 툰드라로 가서 순록을
유목할까 북방의 사내와 하늘이
절반쯤 깎아지른 곳에 코오롱 텐트를 칠까
겨울을 그곳에서 나고
이리듐 위성망이 봄을 전송해오면 그와는
나비처럼 헤어질까 그때에도 나는
여전히 온라인으로 켜놓을까 아니면
문을 안으로 닫아 걸고 막고굴을 하나 팔까
h의 DNA에 내 유전자의 일부를 잘라 붙인
복제아기 신청서를 낼까 오욕칠정을 가진
키가 185cm까지 자라는
사내애 하나와 검은 곱슬머리를 가진
쌍둥이 계집애 둘을 주문할까
증발되기 쉬운 물질인 나를
일몰 무렵의 안락사로 예약해놓을까

이원, 『야후!의 강물에 천 개의 달이 뜬다』(2001)

극에 달하다

나는 벼룩을 사랑하였고 벼룩을 사랑하는 지네의 지저분한 다리들을 사랑하였다 나는 푸른곰팡이가 피어난 밥을 맛있게 먹어댔고 쓰레기통에 버려진, 깨진 달걀과 놀아났다 나는 남들이 피우다 버린 꽁초를 주워 사랑을 속삭였고 징그러운 비단뱀이 버리고 간 허물을 껴안고 환하게 웃었다 나는 말라죽은 화분의 누런 잎과 간통하였고, 나는 텅 비어 있는 액자를 모셔놓고, 오! 나의 사랑이여, 헤프게 헤프게 고백을 하였다

너의 말을 듣고 있는 나 수치스러워
그 말을 하는 너 얼마나 행복했을까

내 양 귀를 찍찍 뜯어 창밖으로 집어던진다
비 오는 골목에서 내 귀야, 수천의 알을 까서
벼룩처럼 힘찬 뒷다리로 껑충껑충 뛰어서
지네처럼 자잘한 다리들로 스멀스멀 걸어서
그의 방 창 밑에 모여들어
못다 한 그의 말, 끝까지 들어주렴

나는 때로 천천히 걸었다 필요한 말 듣기 위해서였다
나 빨리 걷기도 했다 피곤한
너 좀더 일찍 귀가하도록
동행한 줄 알았던 너 난간 너머에서
거울에 비친 벼룩을 사랑하고
말라죽은 화분의 누런 잎을
자갈처럼 물고서 낄낄낄 이야기하고 있다지

이 말을 듣는 나 이만큼 즐거워
그러고 있는 넌 얼마나 행복하니

비가 오는
네 집 앞 골목,
영글은 몸뚱이를
치덕거려야지
흙탕 속에
숨었다가,
네가
지나가면

몸을

동그랗게

말아 올려야지

야, 너무 이쁜 뱀!

너는

내 허물을 보고

기뻐할

거야

김소연, 『극에 달하다』(1996)

끝물 과일 사러

끝물은
반은 버려야 돼.
끝물은 썩었어. 싱싱하지 않아.

우리도 끝물이다.

서로가 서로의 치부를 헛짚고
세계의 성감대를 헛짚은.
내리 빗나가던 선택들. 말하자면
기다림으로 독이 남는 자세.
시효를 넘긴 고독. 일종의 모독.
기다려온 우리는 치사량의 관성이 있을 뿐.
부패 직전의 끝물이다.

제철이 아니야.
하지만 끝물은
아주
달아.

김소연, 『극에 달하다』(1996)

얼룩말 현상학

너는 얼룩말을 내리쳤다.
얼룩말의 목을 내리쳤다.

너는 이제 없다.

얼굴 없는 얼룩말들이
날마다 속삭이며
떼 지어 네게 엉겨들었다.

핑핑 돌아가는 바람개비같이
얼룩말
얼룩무늬들이 빙글빙글
너를 태우고 다녔다.

너를 태운 얼룩말은 시작되지도
끝나지도 않았다.
얼룩말 위에서 너는 시작되지도
끝나지도 않았다.

하나의 얼룩말이

네게 갇힌 후

빠져나가지 못하고 모든
얼룩말들에게
너는 갇혀버렸다.

이수명, 『고양이 비디오를 보는 고양이』(2004)

고양이 비디오를 보는 고양이

고양이 비디오를 틀어놓고
고양이가 하나 둘 셋
의자에 하나 둘 셋
바닥에 하나 둘 셋
창틀에 하나 둘 셋

고양이를 관람하는 고양이들

고양이를
관람하는 고양이를
관람하는 고양이들

거대한
고양이 인형들

모두들 고양이를 추모한다.
고양이 비디오를 틀어놓고

모두들 고양이 흉내를 낸다.

고양이를 끄고 싶은데
고양이 비디오를 끄고 잠들고 싶은데
비디오는 계속 돌아가고

고양이도 계속 돌아가고

고양이를 따라
고양이를 소비할 뿐

고양이 흉내를 내지는 않고

고양이 비디오 앞에
고양이가 하나 둘 셋

이수명,『고양이 비디오를 보는 고양이』(2004)

서시
—틈과 마디

틈과 마디를 다오
빛이 옹이지게 해다오
봄별 아지랑이처럼
춤추는 그림자를 다오
땅바닥 위로 일렁이는
돋아난 마디를 다오
틈서리 비집고 크는 비밀을
문틈으로 들여다본 어둠 속에서 찰랑이는
너를
내게 다오

성기완, 『쇼핑 갔다 오십니까?』(1998)

46 빈손

당신을 원하지 않기로 한 바로 그 순간 나는 떠돌이가 돼 그것을 놓았는데 다른 무얼 원할까 그 무엇도 가지기가 싫은 나는 빈손, 잊자 잊자 혀를 깨물며 눈을 감고 돌아눕기를 밥 먹듯, 벌집처럼 조밀하던 기억의 격자는 끝내 허물어져 뜬구름, 이것이 내가 원하던 바로 그것이긴 한데 다시 생각해보면 어떻게 이렇게 잊혀지고 말 수가 있을까 바로 그 때문에 슬픔은 해구보다 더 깊어져 나는 내 빈손을 바라보다 지문처럼 휘도는 소용돌이 따라 망각의 우물로 더 깊이 잠수하며 중얼거려 잊자 잊자

성기완, 『유리 이야기』(2003)

누가 울고 간다

밤새 잘그랑거리다
눈이 그쳤다

나는 외따롭고
생각은 머츰하다

넝쿨에
작은 새
가슴이 붉은 새
와서 운다
와서 울고 간다

이름도 못 불러본 사이
울고
갈 것은 무엇인가

울음은
빛처럼
문풍지로 들어온

겨울빛처럼

여리고 여려

누가

내 귀에서

그 소릴 꺼내 펴나

저렇게

울고

떠난 사람이 있었다

가슴속으로

붉게

번지고 스며

이제는

누구도 끄집어낼 수 없는

문태준, 『가재미』(2006)

가재미

김천의료원 6인실 302호에 산소마스크를 쓰고 암 투병 중인 그녀가 누워 있다
바닥에 바짝 엎드린 가재미처럼 그녀가 누워 있다
나는 그녀의 옆에 나란히 한 마리 가재미로 눕는다
가재미가 가재미에게 눈길을 건네자 그녀가 울컥 눈물을 쏟아낸다
한쪽 눈이 다른 한쪽 눈으로 옮아 붙은 야윈 그녀가 운다
그녀는 죽음만을 보고 있고 나는 그녀가 살아온 파랑 같은 날들을 보고 있다
좌우를 흔들며 살던 그녀의 물속 삶을 나는 떠올린다
그녀의 오솔길이며 그 길에 돋아나던 대낮의 뻐꾸기 소리며
가늘은 국수를 삶던 저녁이며 흙담조차 없었던 그녀 누대의 가계를 떠올린다
두 다리는 서서히 멀어져 가랑이지고
폭설을 견디지 못하는 나뭇가지처럼 등뼈가 구부정해지던 그 겨울 어느 날을 생각한다
그녀의 숨소리가 느릅나무 껍질처럼 점점 거칠어진다

나는 그녀가 죽음 바깥의 세상을 이제 볼 수 없다는 것을 안다
한쪽 눈이 다른 쪽 눈으로 캄캄하게 쏠려버렸다는 것을 안다
나는 다만 좌우를 흔들며 헤엄쳐 가 그녀의 물속에 나란히 눕는다
산소호흡기로 들이마신 물을 마른 내 몸 위에 그녀가 가만히 적셔준다

문태준, 『가재미』(2006)

정오의 희망곡

우리는 우호적이다.
분별이 없었다.
누구나 종말을 향해 나아갔다.
당신은 사랑을 잃고
나는 줄넘기를 했다.
내 영혼의 최저 고도에서
넘실거리는 음악,
음악은 정오의 희망곡,
우리는 언제나
정기적으로 흘러갔다.
누군가 지상의 마지막 시간을 보낼 때
냉소적인 자들은 세상을 움직였다.
거리에는 키스 신이 그려진
극장 간판이 걸려 있고
가을은 순조롭게 깊어갔다.
나는 사랑을 잃고
당신은 줄넘기를 하고
음악은 정오의 희망곡,
냉소적인 자들을 위해 우리는

최후까지
정오의 허공을 날아다녔다.

이장욱, 『정오의 희망곡』(2006)

당신과 나는 꽃처럼

당신과 나는 꽃처럼 어지럽게 피어나
꽃처럼 무심하였다.
당신과 나는 인칭을 바꾸며
거리의 끝에서 거리의 처음으로
자꾸 이어졌다.
무한하였다.

여름이 끝나자 모든 것은 와전되었으며
모든 것이 와전되자 눈이 내렸다.
허공은 예측할 수 없는 각도로 가득 찼다.

누군가 겨울이라고 외치자
모두들 겨울을 이해하였다.
당신과 나는
나와 그는
꽃의 미래를 사랑하였다.
시청각적으로
유장하였다.

당신과 그는 가로수가 바라볼 수 없을 만큼
화사하고
그와 나는 날아가는 새가 조감할 수 없을 만큼
빠르게 변신하고
나와 당신은 유쾌하게 떠들다가
무표정하게 헤어졌다.

우리는 일에 몰두하거나
고도 15미터 상공에 앉아
전화를 걸었다.
창가에 서서 쓸쓸한 표정으로 바깥을 바라보자
다시 당신이 지나가고
배후에 어지러운 꽃이 피었다.

이장욱, 『정오의 희망곡』(2006)

내 몸속에 잠든 이 누구신가

그대가 밀어 올린 꽃줄기 끝에서
그대가 피는 것인데
왜 내가 이다지도 떨리는지

그대가 피어 그대 몸속으로
꽃벌 한 마리 날아든 것인데
왜 내가 이다지도 아득한지
왜 내 몸이 이리도 뜨거운지

그대가 꽃 피는 것이
처음부터 내 일이었다는 듯이.

김선우, 『내 몸속에 잠든 이 누구신가』(2007)

아욱국

아욱을 치대어 빨다가 문득 내가 묻는다
몸속에 이토록 챙챙한 거품의 씨앗을 가진
시푸른 아욱의 육즙 때문에

— 엄마, 오르가슴 느껴본 적 있어?
— 오, 가슴이 뭐냐?
아욱을 빨다가 내 가슴이 활짝 벌어진다
언제부터 아욱을 씨 뿌려 길러 먹기 시작했는지 알 수 없지만
— 으응, 그거! 그, 오, 가슴!
자글자글한 늙은 여자 아욱꽃 빛 스민 연분홍으로 웃으시고

나는 아욱을 빠네
시푸르게 넓적한 풀밭 같은 풀잎을
생으로나 그저 데쳐 먹는 게 아니라
이남박에 퍽퍽 치대어 빨아
국 끓여 먹을 줄 안 최초의 손을 생각하네
그 손이 짚어준 저녁의 이마에

가난과 슬픔의 신열이 있었다면
그보다 더 멀리 간 뻘밭까지를 들쳐 업고
저벅저벅 걸어가는 푸르른 관능의 힘,
사랑이 아니라면 오늘이 어떻게 목숨의 벽을 넘겠나
치대지는 아욱 풀잎 온몸으로 푸른 거품
끓이는 걸 바라보네

치댈수록 깊어지는
이글거리는 풀잎의 뼈
오르가슴의 힘으로 한 상 그득한 풀밭을 차리고
슬픔이 커서 등이 넓어진 내 연인과
어린것들 불러 모아 살진 살점 떠먹이는
아욱국 끓는 저녁이네 오, 가슴 환한.

김선우, 『내 몸속에 잠든 이 누구신가』(2007)

열정

닳아빠진 구두 밑바닥에 쩔꺽쩔꺽 들러붙는 생이 식당 앞까지 쫓아온다. 주먹만 한 돌멩이를 집어 던져도 킁킁대며 질기게 따라와 누런 혓바닥으로 딱딱한 내 발꿈치를 핥는다. 나, 누추한 신발 한 짝 잃어버린 적 없고 축축한 불륜의 문장 한 줄 엿본 적 없어도 텅 빈 구내식당 비릿한 공기 속에서 한 그릇 밥에 코를 박고 조금씩 파먹을 때 문득, 억울하다. 움푹한 그릇에 묵묵히 쌓인 어둠 목언저리 검은 주름으로 깊게 파이고. 유원지에 벗어둔 신발 두 손에 쥐고 하루는 눈 퉁퉁 붓게 울고 하루는 굶어 죽는 것에 대해서 열심히 생각하는 동안, 해는 지고 생은 거듭 누추해지고 혈세血稅의 계절은 닥쳐온다. 끈끈한 식탁에 엎드린 등 뒤에서 검푸른 제복을 입은 관리들이 컹컹 짖으며 문을 두드리고 있다.

이기성, 『불쑥 내민 손』(2004)

손

지하철 안에서 졸다 눈뜨면 불쑥, 어떤 손이 다가온다. 무거운 고개를 처박고 침 흘리며 졸고 있던 나를 뚫어지게 보며 움푹한 손 내밀고 있는 노파. 창밖에는 가물가물 빈 등燈이 흐르고 헛되이 씹고 또 씹던 질긴 시간을 열차가 거슬러 갈 때, 내가 마신 수천 드럼의 물과 불, 수만 톤의 공기와 밥알들 그리고 보이지 않는 혓바닥으로 무수히 핥아댄 더러운 손. 환멸의 등은 꽃처럼 발등에 떨어지고 움켜쥔 손바닥에서 타오르던 길은 뜨거운 머리카락처럼 헤쳐진다. 살얼음 낀 공중변소 깨진 거울 앞에서 천천히 목을 졸라보던 손, 이제 검은 넥타이는 풀어지고 딱딱한 벽돌처럼 혀는 굳어 있다.

그러니 이 지리멸렬의 세계여, 내민 손을 거두어라. 찌그러진 심장을 움켜쥔 누추한 손을 이제 그만 접어라. 젖은 이마에 등을 켜고 열차가 터널을 빠져나갈 때 천장에 매달린 가죽 손잡이 한꺼번에 흔들리고 세계의 지루한 목구멍이 찬란하게 드러난다. 악착같이 손 내밀고 있는 노파의 구부러진 등 힘껏 떠밀고 나는 어둠으로 꽉 찬 통로를 달려간다. 눈과 귀를 틀어막고 입에 물고 있던 무수한 칼 쨍강쨍강 뱉어내며. 팽팽하게 당겨진 검은 피륙의 시간을 찌익 가르며 열차는 광폭하게 달린다.

이기성, 『불쑥 내민 손』(2004)

친구들
—사춘기 6

주소록을 만들기로 한 날이었어요. 애들은 종이에 썼어요. 여기에 내가 있고 여기에 내가 없고 저기에 내가 있고 저기에 내가 없고 3시에 바닷가에 있었고…… 정말 시들을 쓰고 있더라구요. 우린 모두 일목요연해지려고 모였다구.

우리에겐 특별한 날이잖아. 실용적인 주소록을 만들기로 해. 우린 모두 지쳤기 때문에 동의했어요. 무섭게 조용해졌는데, 전화벨이 울렸어요. 내가 모임에 빠진 거 애들이 아니? 이해해. 우린 너무 많아졌으니까. 나는 앰뷸런스에 실려 가는 중이야. 지옥행을 시도했거든.

네가 대신 아무렇게나 써줘. 폭신한 침대에 내가 누워 있고 지옥문 앞에 내가 있고 다시 약국에 내가 있고 엄마 손에 잡혀 나는 어디론가 끌려가고 있고 꽃잎이 떨어져서…… 그런데 절대 시 쓰진 마. 그냥 아무렇게나 쓰면 돼.

걘 멋진 데가 있었어. 우린 모두 조금씩 그래. 애들은 종이에 썼어요. 애들아, 우린 추억하려고 모인 게 아니잖아. 3시에 바닷가에 있었고 모레에는 기차를 탈 거야. 가끔 우리는 여기에 있을 거야. 우린 천천히 조용해졌어요.

김행숙, 『사춘기』(2003)

이별의 능력

나는 기체의 형상을 하는 것들.

나는 2분간 담배 연기. 3분간 수증기. 당신의 폐로 흘러가는 산소.

기쁜 마음으로 당신을 태울 거야.

당신 머리에서 연기가 피어오르는데, 알고 있었니?

당신이 혐오하는 비계가 부드럽게 타고 있는데

내장이 연통이 되는데

피가 끓고

세상의 모든 새들이 모든 안개를 거느리고 이민을 떠나는데

나는 2시간 이상씩 노래를 부르고

3시간 이상씩 빨래를 하고

2시간 이상씩 낮잠을 자고

3시간 이상씩 명상을 하고, 헛것들을 보지. 매우 아름다워.

2시간 이상씩 당신을 사랑해.

당신 머리에서 폭발한 것들을 사랑해.

새들이 큰 소리로 우는 아이들을 물고 갔어. 하염없이 빨래를 하다가 알게 돼.

내 외투가 기체가 되었어.

호주머니에서 내가 꺼낸 건 구름. 당신의 지팡이.

그렇군. 하염없이 노래를 부르다가

하염없이 낮잠을 자다가

눈을 뜰 때가 있었어.

눈과 귀가 깨끗해지는데

이별의 능력이 최대치에 이르는데

털이 빠지는데, 나는 2분간 담배 연기. 3분간 수증기. 2분간 냄새가 사라지는데

나는 옷을 벗지. 저 멀리 흩어지는 옷에 대해

이웃들에 대해

손을 흔들지.

김행숙, 『이별의 능력』(2007)

일곱 개의 단어로 된 사전

봄, 놀라서 뒷걸음질치다
맨발로 푸른 뱀의 머리를 밟다

슬픔
물에 불은 나무토막, 그 위로 또 비가 내린다

자본주의
형형색색의 어둠 혹은
바다 밑으로 뚫린 백만 킬로의 컴컴한 터널
—여길 어떻게 혼자 걸어서 지나가?

문학
길을 잃고 흉가에서 잠들 때
멀리서 백열전구처럼 반짝이는 개구리 울음

시인의 독백
"어둠 속에 이 소리마저 없다면"
부러진 피리로 벽을 탕탕 치면서

혁명
눈 감을 때만 보이는 별들의 회오리
가로등 밑에서는 투명하게 보이는 잎맥의 길

시, 일부러 뜯어본 주소 불명의 아름다운 편지
너는 그곳에 살지 않는다

진은영, 『일곱 개의 단어로 된 사전』(2003)

서른 살

어두운 복도 끝에서 괘종시계 치는 소리
1시와 2시 사이에도
11시와 12시 사이에도
똑같이 한 번만 울리는 것
그것은 뜻하지 않은 환기, 소득 없는 각성
몇 시와 몇 시의 중간 지대를 지나고 있는지
알려주지 않는다

단지 무언가의 절반만큼 네가 왔다는 것
돌아가든 나아가든 모든 것은 너의 결정에 달렸다는 듯
지금부터 저지른 악덕은
죽을 때까지 기억난다

진은영, 『일곱 개의 단어로 된 사전』(2003)

네가 꿈꾸는 것은

아무 일도 일어나지 않는 삶
바람은 달려가고
연인들은 헤어지고
빌딩은 자라난다
송아지는 태어나고
늙은 개는 숨을 거두고

아무 일도 일어나지 않았다
찻잔에 물이 잔잔하고
네 앞에 시 한 편이 완성되어 있을 때

이성미, 『너무 오래 머물렀을 때』(2005)

나는 쓴다

물고기의 싱싱한 시체를
잎사귀에서 물방울이 증발한 흔적을
증기를 내뿜는
화물 기차의 검은 몸체를

수챗구멍에 엉켜 있는
늙은 남녀의 잿빛 머리카락을
쓰레기차에
내려앉은 환한 눈 더미를
보도블록 틈
손가락만 한 물웅덩이에
고인 달을

선호하는 콤플렉스의 목록을 작성하며
병원 수세식 변기 속
물에서 꼬물거리는 벌레 같은

서른다섯
죽기엔 너무 늦었고

내년 가을에도

황금빛 이파리들이 조용히 떨어질 것이므로

이성미, 『너무 오래 머물렀을 때』(2005)

세이렌의 노래

더 추워지기 전에 바다로 나와
내 날개 아래 출렁이는
바다 한가운데 낡은 배로 가자
갑판 가득 매달려 시시덕거리던 연인들
물속으로 퐁당
물고기들은 몰려들지, 조금만 먹어볼래?
들리지? 내 목소리, 이리 따라와 넘어와봐
너와 나 오래 입 맞추게

김이듬, 『명랑하라 팜 파탈』(2007)

일요일의 세이렌

다독여 모셔놓았던 눈사람을 냉동실에서 꺼냈습니다. 그땐 왜 그랬을까요? 모든 독신자와 모든 걸인들과 모든 저녁의 개들에게 묻습니다. 가르쳐주시겠어요? 이 허기는 살아 있는 동안 끝날까요? 늦봄, 양손에 쥔 한 덩이씩의 눈을 주먹밥처럼 깨물며 이상한 사이렌 소리를 듣습니다. 댐이 방류를 시작합니다. 강가의 사람들은 신속히 밖으로 나가주십시오. 진양호 댐 관리소에서 알려드립니다. 사람들은 들었을까요? 내 방은 강에서 멀리 있는데 물 빠진 청바지 같은 하늘엔 유령들이 득실거립니다. 가르쳐주세요. 눈사람처럼 내 다리는 하나로 붙어 광채를 띤 채 꿈틀댑니다. 나는 어느 바다로 흘러갈까요? 혼자 그곳에 갈까요? 손바닥에서 입에서 흘러내리는 이것이 한때 머리였는지 몸통이었는지 아무것도 아니었는지 나는 왜 지금 막 사라진 것들에만 쏠릴까요? 부르면 혼자 오시겠어요?

김이듬, 『명랑하라 팜 파탈』(2007)

라디오 데이즈

보급소 소장이 욕을 했다, 병신 새끼, 미칠 듯이 더운 여름 옆집 난쟁이 아저씨가 나의 개를 잡아먹었고 나는 그 집 딸의 주근깨를 증오했다 계절마다 배불러 웃고 다니는 국화 엄마의 부풀어오른 배를 나무 꼬챙이로 찔러 보고 싶었다

푸른 면도날과 붉은 꽃을 상상하다가 잠이 들고 매일 아침 엄마는 울면서 깨어났다 밤마다 이불이 축축하지? 옆집 주근깨가 누런 이를 드러내며 비죽 웃었다 일요일 저녁에는 은빛 자전거를 닦고 연탄재 옆에 쭈그리고 오줌을 눴다 몹시 땀이 났다

우리는 달려간다 이상한 나라로 니나가 잡혀 있는 사차원 세계는 언제나 방과 후였다 방과 이전과 방과 후 세계는 나에게 두 가지뿐이었다 영어 선생은 추한 여자였다 긴 화상 자국이 블라우스 아래 숨겨져 있을 것 같았다

붉은 꽃을 보여준 건 주근깨였다 엄마는 어느 날 아침인가부터 울면서 깨어나지 않았다 냇물아 흘러 흘러 어

디로 가니 따위 노래는 이제 아무도 부르지 않는다 은빛 바퀴는 어디론가 굴러갔다 나는 초록색 철대문집 아이였다

하재연, 『라디오 데이즈』(2006)

일요일의 골동품 가게

일요일의 골동품 가게에 스며드는 건
직사광선이 아닌 햇살
나는 그 옆을 지나는 사람이네

일요일의 골동품 가게에는
고독의 삐에로가 기도하고 있고
나는 그 안을 들여다보는 사람이네

깨어진 보도블록을 밟으며
거리를 헤엄쳐 다니는 물고기를 헤아리고
차들은 한 대 또는 두 대가 지나가고,

골목은 골목과 통하지만
때로 골목은 어떤 골목과도 통하지 않고
일요일의 골목 안에는 닫힌 상점들

거기는 열려 있을지도 모르지만
직사광선이 아닌 햇살이 스며드는 그곳을
나는 지금 기억하지 못하는 사람이네

하재연, 『라디오 데이즈』(2006)

발문

우리가 시를 불렀기 때문에

조연정
(문학평론가)

문학과지성 시인선이 한국문학사 최초로 500번째 시집을 발간하는 컬렉션이 되었다. 시인선의 1호 시집인 황동규의 『나는 바퀴를 보면 굴리고 싶어진다』가 1978년에 출간되었으니 햇수로 40년 만의 일이다. 문지 시인선의 역사는 문학과지성사라는 출판사, 그리고 『문학과지성』과 『문학과사회』라는 특정 문예지의 역사와 함께 한다고 할 수 있지만, 특별한 과장 없이도 이 시인선이 1970년대 이후부터 현재에 이르기까지 한국 시단의 주요한 장면들을 담아낸 컬렉션임은 분명하다 할 수 있다. 문학과지성사만의 특정한 문학관을 폐쇄적으로 반복하고 있는 것 아니냐는 불만 섞인 우려에서부터, 오히려 문지 시인선만의 고유한 색깔이 점차 흐려지고 있는 것 아니냐는 애정 어린 비판에 이르기까지, 그간 문지 시인선에 대해서 여러 다른 의견들이 제출되어왔다.

500권의 시집이 쌓인 40년의 시간을 가늠해보아야 할 것이다. 그 사이 한국 시의 스펙트럼은 놀랄 만큼 확장되었고 시를 보는 독자 및 평자의 태도 역시 다양해졌다. 한국 시의 폭이 넓어져온 만큼 시를 읽는 태도가 다양해진 데에는 500권에 이르는 문지 시인선의 시집들이 큰 역할을 해왔다고, 이 역시 큰 과장 없이 말해볼 수 있겠다. 1950년대에 등단한 황동규, 마종기의 시로부터 2000년대에 등단한 진은영, 하재연의 시에 이르기까지, 이번 500호의 시집에 실린 130편의 시들을 읽으면서도 우리는 이 사실을 충분히 확인하게 된다.

잘 알려져 있듯 그간 문학과지성사는 시인선에 100권의 시집이 추가될 때마다 그것을 기념하기 위해 앤솔러지 형태의 시집을 출간해왔다. 100호 시집 『길이 끝난 곳에서 길은 다시 시작되고』(김주연 엮음, 1990)를 시작으로, 100번대 시집들의 서시序詩만을 모은 200호 시집 『시야 너 아니냐』(성민엽·정과리 엮음, 1997), 200번대 시집에서 사랑에 관한 시들만을 모은 300호 시집 『쨍한 사랑 노래』(박혜경·이광호 엮음, 2005), 300번대 시집에서 '시인의 자화상'이 그려진 시들을 모은 400호 시집 『내 생의 중력』(홍정선·강계숙 엮음, 2011)이 차례대로 출간되었다. 처음 100권의 시집이 나오기까지는 12년의 시간이 걸렸지만 그 이후로는 대략 6~8년으로 그 주기가 더 짧아졌다. 출판 시장의 규모가 그간 얼마나 커졌는가를 생각해보면 이를 당연한 변화로 볼 수도 있지만, 500권의 시집이 출간된 40년간 한국 사회에서 문학의 위상이, 특히 시의 위상이 어떻게 축소되어왔는지를 생각해보면, 일정 기간 동안 큰 편차 없이 차곡차곡 시집을 출간해왔다는 일은 그 자체로도 의미가 꽤 크다.

황지우 「게 눈 속의 연꽃」의 한 구절에서 제목을 빌린 기념 시집 『내가 그대를 불렀기 때문에』는 500호라는 숫자의 무게에 걸맞게 그간 출간된 문지 시인선의 모든 시집들을 대상으로 독자들에게 많은 사랑을 받아온 시집들을 선정하여 거기서 시인 한 명당 두 편씩의 대표작을 선정하는 방식으로 시집을 구성해보았다.* 독자들에게 많은 사랑을 받은 시집을 선별하기 위해서는 누적된 판매량이 중요한 척도가 되겠지만, 얼마나 지속적으로 오랫동안 읽혀왔는지도 간과할 수는 없다. 따라서 이번 500호 시집은 출간된 지 최소 10년이 지난 시집들 중, 기형도의 『입 속의 검은 잎』(1989), 황지우의 『어느 날 나는 흐린 주점에 앉아 있을 거다』(1998), 이성복의 『뒹

* 수록된 시편들은 각각 초판 발행된 시집을 기본 출전으로 삼았다. 일부 제목 및 표현은 1988년 문교부 고시 '한글 맞춤법'에 따라, 혹은 시인들의 요청으로 수정 표기되었다. 한자는 한글과 병기하였고, 수록 순서는 등단 시기에 따라 정렬되었다.

구는 돌은 언제 잠깨는가』(1980), 최승자의 『이 시대의 사랑』(1981) 등 판매가 두드러지고 독자와 시단의 꾸준한 관심을 받아온 65명의 시인들의 시집을 추려보았다. 최근 40년 사이 한국 시단에서 이른바 베스트셀러이자 스테디셀러였다고 불릴 만한 시집들을 모은 것이다. 서시, 사랑시, 시인에 관한 시 등의 테마를 지녔던 기존의 기념 시집들에 비한다면, 이번 시집은 독자가 만든 시집이라 해도 과언은 아니다. 40년간 우리에게 각별했던 시집이 무엇이었는지를 확인하며, 독자들은 한국 시사를 압축적으로 다시 읽는 보람을 느낄 수 있고 나아가 특정 시기에 탐독했던 시들과 재회하며 지난 시절의 '나'를 발견하는 소소한 기쁨도 누릴 수도 있다.

문지 시인선 100호 기념 시집의 해설을 쓴 평론가 김주연은 "시는 언제나 사랑이어야 하"며 "폭력으로 떨어진 세상은 시를 통해 구원의 지평을 바라볼 수 있을 것이다"(「전통 파괴와 새로운 사랑」)라고 적었다. 300호 기념 시집의 해설을 쓴 평론가 이광호가 "사랑은 여전히 당신과 나를 다른 시간에 살게 하는 힘이다"(「연애시를 읽는 몇 가지 이유」)라고 말할 때 이 사랑의 힘은 시의 힘과 등가라 할 수 있다. 한 출판사에서만 몇백 권의 시집이 출간되는 짧지 않은 시간 동안 우리에게 시는 이른바 '사랑'이자 '구원', 결국 '가능성'의 다른 이름이었다고 말해볼 수 있는 것이다. 시는 우리를 어떻게 구원하는가.

시는 우리가 시가 아니었다면 절대 볼 수 없던 것, 들을 수 없던 것, 만지고 느낄 수 없던 것들을 보고 듣고 만지게 한다. 시는 인간의 감각 능력이 무한한 것임을 증명하면서 우리의 존재론적 지평을 넓힌다. 더불어 시는 진리에 관한 인간 사유의 폭과 넓이도 확장시킨다. 사실 시를 쓰거나 읽는 체험은 대단히 내밀한 것인데, 시를 둘러싼 이러한 체험은 '나'라는 존재에 대해 특별한 강도로 집중하게 함으로써 결국 우리의 감각과 사유를 '나'의 외부로 확장하도록 한다. 시를 읽고 쓰는 체험은 일상의 내가 그것을 넘어선 다른 영역으로 이동할 수 있다는 사실을 증명하는 일이기도 하다. 다른 내가 가능하고 다른 삶이 가능할 수 있다는 감각은 일상의 비루한 존재인 '나'에게 구원이 될 수 있다. 그것이 비록 시를 읽고 쓰는 짧은 시간에서만 가능한 것이라 하더라도, 우리는 시가 지닌 이러한 힘을 큰 의심 없이 믿어온 편이다. 시의 영역에 불가능은 없다는, 그리고 이러한 시는 절대적으로 자유로워야 한다는 믿음과 함께 말이다.

그런데, 시는 구원이라는 이 명제는 500호 이후의 문지 시인선을 읽을 때에도 충분히 참일 수 있을까. 사실 어떤 시대에도 시가 물리적으로 강력한 힘을 발휘하여 우리의 삶이 완벽히 다른 것이 되도록 구원한 적은 없다고 말해야 할지 모른다. 사실 우리가 믿은 것은 시가 가진 구원의 힘 그 자체라기보다는 구원의 가능성이라고 해도 틀린 말은 아니다. 시를 읽거나 쓰는 일이 우리의 삶을 완전히 다른 것으로 만들지는 못해도, 달라질 수 있다는 가능성을 믿도록 할 수는 있었던 것이다. 문지 시인선에 500권의 시집이 쌓이는 동안, 그리고 셀 수도 없을 만큼 많은 시집들이 우리 곁에 쌓이는 동안, 시를 통해 인간의 삶이 구원될 수 있다는 이러한 일차적 믿음이 확고해진 것도 사실이지만, 이러한 믿음이 우리를 배반한 적도 많다. 억압 없는 삶의 가능성을 가늠할 수 있는 절대치로서 존재해야 할 시를 그 자체로 신비화하거나 이와 더불어 시인이 낭만화되며 오히려 누군가에게 억압으로 기능한 적도 없지는 않다. 인간을 억압하는 권력과 무관한 존재라는 그 사실 자체로 인간을 구원할 힘을 지녔던 시가 스스로 권력이 되기도 했다.

2017년 현재, 시를 쓰거나 읽는 일보다 훨씬 더 흥미롭고 더 가치 있는 일들이 우리 주변에 너무나 많은 것도 사실이다. 시가 아니어도 우리는 더 쉽고 흥미롭게 비일상적인 경험들을 누릴 수 있으며, 시가 아닌 다른 영역에서 인간의 존재론적 지평이 더 넓고 깊게 확장되는 것을 경험하기도 한다. 시를 읽는 독자들이 점점 더 소수가 되어가면서 시는 오직 시를 쓰는 그 자신에게만 고유한 가치를 지니는 것으로 축소되기도 한다. 이제 우리는 시를 통해 무엇을, 어떻게 할 수 있을까. 고유한 능력이 점점 축소되고 있음에도 불구하고 그 존재 자체가 무화되지는 않는다는 사실로서 자신의 가치를 가까스로 증명하는 소극적인 존재가 되어야 하는 것일까. 그에 대한 답을 지금 당장 생각해내는 것은 어려운 일이다. 다만 시의 위상이나 시의 기능이 선천적으로 정해져 있다고 생각할 까닭은 없는 듯하다. 시를 점점 필요로 하지 않게 되더라도 그 사회를 반드시 타락한 사회로 볼 이유도 없을 것이다. 앞으로 문지 시인선에 더 다양한 시집들이 쌓여가는 것을 지켜보면서 미래의 시가 우리에게 무엇을 할 수 있을지, 그리고 우리가 어떤 방식으로 시를 필요로 하게 될지 따져보면 될 일이다.

사실 『내가 그대를 불렀기 때문에』에 실린 130편의 시들은 그것을 아름답고 쓸모 있는 것으로 읽어주는 독자들이 있었기 때문에 온전히 그 자신의 가능성을 발산할 수 있었던 행복한 시절의 시들이었다고도 말할 수 있다. 이 시들이 있었기에 우리는 우리의 삶이 구원될 수 있다는 믿음을 포기하지 않을 수 있었으나, 그러한 믿음이 거꾸로 이 시들을 살게 한 것도 사실이다. 문지 시인선이 40년간 500권의 시집을 낼 수 있었던 것은 시와 우리가 철저히 서로에게 의지했기 때문에 가능했다. 그렇다면 우리가 예전처럼 그렇게 큰 목소리로 진심을 다해 시를 찾지 않는 시대에도 시는 여전히 아름답고 쓸모 있는 것으로 남을 수 있을까. 『내가 그대를 불렀기 때문에』

는 시와 인간이 서로의 필요에 의해 행복하게 동거했던 한때의 시절을 기념하고 기억하기 위한 시집으로만 남게 될 것인가.

문지 시인선이 앞으로 몇 호까지를 기념하게 될지는 아무도 모를 일이다. 물론 문지 시인선이 언제까지 가능할 것인가라는 질문이 미래 시의 운명을 결정하는 것도 아니며, 나아가 한국 시가 얼마나 바람직한 방향으로 갱신될 수 있는가라는 질문과 반드시 병행하는 것도 아니다. 그럼에도 불구하고 이제 500호를 맞는 문지 시인선이 오래도록 더 많은 시집을 쌓아갔으면 한다. 그 과정에서 당분간 시의 가능보다 시의 무능이 더 많이 증명되더라도, 오로지 시만이 할 수 있는 일이 있다는 사실이 쉽게 증명되지 못하더라도, 문지 시인선이 오래도록 살아남아 스스로 자신의 역사를 갱신하고 결국에는 시의 가능을 증명하는 일을 하길 희망한다. 시가 우리를 직접 구원하지는 못하더라도 시가 있음으로 해서 누군가의 삶이 전혀 다른 것이 될 수도 있다는 믿음만은 포기되지 않으면 좋겠다. ▨

시인 소개

황동규 1938년 서울 출생. 1958년 『현대문학』 추천으로 등단. 시집 『어떤 개인 날』 『나는 바퀴를 보면 굴리고 싶어진다』 『풍장』 『외계인』 『버클리풍의 사랑 노래』 『우연에 기댈 때도 있었다』 『꽃의 고요』 『겨울밤 0시 5분』 『사는 기쁨』 『연옥의 봄』 등이 있음.

마종기 1939년 일본 도쿄 출생. 1959년 『현대문학』 추천으로 등단. 시집 『조용한 개선』 『두번째 겨울』 『평균율』(공동시집, 1 · 2권) 『변경의 꽃』 『안 보이는 사랑의 나라』 『모여서 사는 것이 어디 갈대들뿐이랴』 『그 나라 하늘빛』 『이슬의 눈』 『새들의 꿈에서는 나무 냄새가 난다』 『우리는 서로 부르고 있는 것일까』 『하늘의 맨살』 『마흔두 개의 초록』 등이 있음.

김영태 1936년 서울 출생. 1959년 『사상계』로 등단. 시집 『초개수첩』 『여울목 비오리』 『결혼식과 장례식』 『남몰래 흐르는 눈물』 『그늘 반근』 『누군가 다녀갔듯이』 등이 있음. 2007년 작고.

최하림 1939년 전남 목포 출생. 1964년 『조선일보』 신춘문예로 등단. 시집 『우리들을 위하여』 『작은 마을에서』 『겨울 깊은 물소리』『속이 보이는 심연으로』『굴참나무숲에서 아이들이 온다』『풍경 뒤의 풍경』『때로는 네가 보이지 않는다』 등이 있음. 2010년 작고.

정현종 1939년 서울 출생. 1965년『현대문학』으로 등단. 시집『사물의 꿈』『나는 별아저씨』『떨어져도 튀는 공처럼』『사랑할 시간이 많지 않다』『한 꽃송이』『세상의 나무들』『갈증이며 샘물인』『견딜 수 없네』『광휘의 속삭임』『그림자에 불타다』 등이 있음.

김형영 1944년 전북 부안 출생. 1966년『문학춘추』 신인 작품 모집, 1967년 문공부 신인 예술상 당선으로 등단. 시집『침묵의 무늬』『모기들은 혼자서도 소리를 친다』『다른 하늘이 열릴 때』『기다림이 끝나는 날에도』『새벽달처럼』『홀로 울게 하소서』『낮은 수평선』『나무 안에서』『땅을 여는 꽃들』 등이 있음.

오규원 1941년 경남 밀양 삼랑진 출생.『현대문학』에 1965년 초회 추천되고, 1968년 추천 완료되어 등단. 시집『분명한 사건』『순례』『왕자가 아닌 한 아이에게』『이 땅에 씌어지는 서정시』『가끔은 주목받는 生이고 싶다』『사랑의 감옥』『길, 골목, 호텔 그리고 강물소리』『토마토는 붉다 아니 달콤하다』『새와 나무와 새똥 그리고 돌멩이』『두두』(유고시집) 등이 있음. 2007년 작고.

신대철 1945년 충남 홍성 출생. 1968년 『조선일보』 신춘문예로 등단. 시집 『무인도를 위하여』 『개마고원에서 온 친구에게』 『누구인지 몰라도 그대를 사랑한다』 『바이칼 키스』 등이 있음.

조정권 1949년 서울 출생. 1970년 『현대시학』으로 등단. 시집 『비를 바라보는 일곱 가지 마음의 형태』 『허심송』 『하늘이불』 『산정묘지』 『신성한 숲』 『떠도는 몸들』 『고요로의 초대』 『먹으로 흰 꽃을 그리다』 『시냇달』 등이 있음.

이하석 1948년 경북 고령 출생. 1971년 『현대시학』으로 등단. 시집 『투명한 속』 『김씨의 옆얼굴』 『우리 낯선 사람들』 『측백나무 울타리』 『금요일엔 먼데를 본다』 『녹』 『고령을 그리다』 『것들』 『오리 시집』 『상응』 『연애 間』 『천둥의 뿌리』 등이 있음.

김명인 1946년 경북 울진 출생. 1973년 『중앙일보』 신춘문예로 등단. 시집 『동두천』 『머나먼 곳 스와니』 『물 건너는 사람』 『푸른 강아지와 놀다』 『바닷가의 장례』 『길의 침묵』 『바다의 아코디언』 『파문』 『꽃차례』 『여행자 나무』 『기차는 꽃그늘에 주저앉아』 등이 있음.

장영수 1947년 강원 원주 출생. 1973년 『문학과지성』으로 등단. 시집 『메이비』 『시간은 이미 더 높은 곳에서』 『나비 같은, 아니아니, 빛 같은』 『한없는 밑바닥에서』 『그가 말했다』

『푸른빛의 비망록』 등이 있음.

김광규 1941년 서울 출생. 1975년 『문학과지성』으로 등단. 시집 『우리를 적시는 마지막 꿈』 『아니다 그렇지 않다』 『크낙산의 마음』 『좀팽이처럼』 『아니리』 『물길』 『가진 것 하나도 없지만』 『처음 만나던 때』 『시간의 부드러운 손』 『하루 또 하루』 『오른손이 아픈 날』 등이 있음.

고정희 1948년 전남 해남 출생. 1975년 『현대시학』 추천으로 등단. 시집 『누가 홀로 술틀을 밟고 있는가』 『실락원 기행』 『초혼제』 『이 시대의 아벨』 『눈물꽃』 『지리산의 봄』 『저 무덤 위에 푸른 잔디』 『광주의 눈물비』 『여성 해방 출사표』 『아름다운 사람 하나』 등이 있음. 1991년 작고.

장석주 1955년 충남 논산 출생. 1975년 『월간문학』과 1979년 『조선일보』 신춘문예로 등단. 시집 『햇빛사냥』 『완전주의자의 꿈』 『그리운 나라』 『새들은 황혼 속에 집을 짓는다』 『어떤 길에 관한 기억』 『붕붕거리는 추억의 한때』 『크고 헐렁헐렁한 바지』 『간장 달이는 냄새가 진동하는 저녁』 『물은 천 개의 눈동자를 가졌다』 『붉디붉은 호랑이』 『절벽』 『몽해항로』 『오랫동안』 『일요일과 나쁜 날씨』 등이 있음.

박남철 1953년 경북 포항 출생. 1979년 『문학과지성』으로 등단. 시집 『그러나 나는 살아가리라』(공동시집) 『지상의 인간』 『반시대적 고찰』 『용의 모습으로』 『러시아집 패설』

『생명의 노래』『자본에 살어리랏다』『반시대적 고찰』『바다 속의 흰머리뫼』『제1분』 등이 있음. 2014년 작고.

김정란 1953년 서울 출생. 1976년 『현대문학』 추천으로 등단. 시집 『다시 시작하는 나비』『매혹, 혹은 겹침』『그 여자 입구에서 가만히 뒤돌아보네』 등이 있음.

문충성 1938년 제주 출생. 1977년 『문학과지성』으로 등단. 시집 『제주바다』『섬에서 부른 마지막 노래』『내 손금에서 자라나는 무지개』『떠나도 떠날 곳 없는 시대에』『방아깨비의 꿈』『설문대할망』『바닷가에서 보낸 한 철 』『허공』『백 년 동안 내리는 눈』『허물어버린 집』『마지막 사랑 노래』 등이 있음.

이성복 1952년 경북 상주 출생. 1977년 『문학과지성』으로 등단. 시집 『뒹구는 돌은 언제 잠 깨는가』『남해 금산』『그 여름의 끝』『호랑가시나무의 기억』『아, 입이 없는 것들』『달의 이마에는 물결무늬 자국』『래여애반다라』『어둠 속의 시: 1976-1985』 등이 있음.

최승호 1954년 강원 춘천 출생. 1977년 『현대시학』 추천으로 등단. 시집 『대설주의보』『고슴도치의 마을』『진흙소를 타고』『세속도시의 즐거움』『회저의 밤』『반딧불 보호구역』『눈사람』『여백』『그로테스크』『모래인간』『아무것도 아니면서 모든 것인 나』『고비』『아메바』 등이 있음.

최승자 1952년 충남 연기 출생. 1979년 『문학과지성』으로 등단. 시집 『이 시대의 사랑』 『즐거운 일기』 『기억의 집』 『내 무덤, 푸르고』 『연인들』 『쓸쓸해서 머나먼』 『물 위에 씌어진』 『빈 배처럼 텅 비어』 등이 있음.

김혜순 1979년 『문학과지성』으로 등단. 시집 『또 다른 별에서』 『아버지가 세운 허수아비』 『어느 별의 지옥』 『우리들의 음화』 『나의 우파니샤드, 서울』 『불쌍한 사랑 기계』 『달력 공장 공장장님 보세요』 『한 잔의 붉은 거울』 『당신의 첫』 『슬픔치약 거울크림』 『피어라 돼지』 『죽음의 자서전』 등이 있음.

김정환 1954년 서울 출생. 1980년 『창작과비평』으로 등단. 시집 『지울 수 없는 노래』 『하나의 이인무와 세 개의 일인무』 『황색 예수』(전 3권) 『해방 서시』 『텅 빈 극장』 『순금의 기억』 『해가 뜨다』 『하노이-서울 시편』 『레닌의 노래』 『드러남과 드러냄』 『거룩한 줄넘기』 『유년의 시놉시스』 『거푸집 연주』 『내 몸에 내려앉은 지명』 등이 있음.

황지우 1952년 전남 해남 출생. 1980년 『중앙일보』 신춘문예 입선하고, 같은 해 『문학과지성』에 시를 발표하며 등단. 시집 『새들도 세상을 뜨는구나』 『겨울-나무로부터 봄-나무에로』 『나는 너다』 『게 눈 속의 연꽃』 『어느 날 나는 흐린 주점에 앉아 있을 거다』 등이 있음.

박태일 1954년 경남 합천 출생. 1980년 『중앙일보』 신춘문예로 등단. 시집 『그리운 주막』 『가을 악견산』 『약쑥 개쑥』 『풀나라』 『달래는 몽골 말로 바다』 『옥비의 달』 등이 있음.

최두석 1955년 전남 담양 출생. 1980년 『심상』으로 등단. 시집 『대꽃』 『임진강』 『성에꽃』 『사람들 사이에 꽃이 필 때』 『꽃에게 길을 묻는다』 『투구꽃』 등이 있음.

남진우 1960년 전북 전주 출생. 1981년 『동아일보』 신춘문예에 시, 1983년 『중앙일보』 신춘문예에 문학평론이 각각 당선되어 등단. 시집 『깊은 곳에 그물을 드리우라』 『죽은 자를 위한 기도』 『타오르는 책』 『새벽 세 시의 사자 한 마리』 『사랑의 어두운 저편』 등이 있음.

황인숙 1958년 서울 출생. 1984년 『경향신문』 신춘문예로 등단. 시집 『새는 하늘을 자유롭게 풀어놓고』 『슬픔이 나를 깨운다』 『우리는 철새처럼 만났다』 『나의 침울한, 소중한 이여』 『자명한 산책』 『리스본행 야간열차』 『못다 한 사랑이 너무 많아서』 등이 있음.

장경린 1957년 서울 출생. 1985년 『문예중앙』 신인문학상으로 등단. 시집 『누가 두꺼비집을 내려놨나』 『사자 도망간다 사자 잡아라』 『토종닭 연구소』 등이 있음.

기형도 1960년 경기 연평 출생. 1985년 『동아일보』 신춘문예로 등단. 시집 『입 속의 검은 잎』이 있음.

김윤배 1944년 충북 청주 출생. 1986년 『세계의 문학』으로 등단. 시집 『겨울 숲에서』 『강 깊은 당신 편지』 『굴욕은 아름답다』 『따뜻한 말 속에 욕망이 숨어 있다』 『슬프도록 비천하고 슬프도록 당당한』 『부론에서 길을 잃다』 『사당 바우덕이』 『혹독한 기다림 위에 있다』 『바람의 등을 보았다』 『시베리아의 침묵』 등이 있음.

송재학 1955년 경북 영천 출생. 1986년 『세계의 문학』으로 등단. 시집 『얼음시집』 『살레시오네 집』 『푸른빛과 싸우다』 『기억들』 『진흙 얼굴』 『그가 내 얼굴을 만지네』 『내간체를 얻다』 『날짜들』이 있음.

송찬호 1959년 충북 보은 출생. 1987년 『우리 시대의 문학』으로 등단. 시집 『흙은 사각형의 기억을 갖고 있다』 『10년 동안의 빈 의자』 『붉은 눈, 동백』 『고양이가 돌아오는 저녁』 『분홍 나막신』 등이 있음.

허수경 1964년 경남 진주 출생. 1987년 『실천문학』으로 등단. 시집 『슬픔만 한 거름이 어디 있으랴』 『혼자 가는 먼 집』 『내 영혼은 오래되었으나』 『청동의 시간 감자의 시간』 『빌어먹을, 차가운 심장』 『누구도 기억하지 않는 역에서』 등이 있음.

장석남 1965년 인천 덕적 출생. 1987년 『경향신문』 신춘문예로 등단. 시집 『새떼들에게로의 망명』 『지금은 간신히 아무도 그립지 않을 무렵』 『젖은 눈』 『왼쪽 가슴 아래께에 온 통증』 『미소는, 어디로 가시려는가』 『뺨에 서쪽을 빛내다』 『고요는 도망가지 말아라』 등이 있음.

유 하 1963년 전북 고창 출생. 1988년 『문예중앙』으로 등단. 시집 『무림일기』 『바람부는 날이면 압구정동에 가야 한다』 『세상의 모든 저녁』 『세운상가 키드의 사랑』 『나의 사랑은 나비처럼 가벼웠다』 『천일마화』 『세상의 모든 저녁』 등이 있음.

김휘승 1957년 전남 목포 출생. 1988년 『문학과사회』로 등단. 시집 『햇빛이 있다』가 있음.

조 은 1960년에 경북 안동 출생. 1988년 『세계의 문학』로 등단. 시집 『땅은 주검을 호락호락 받아주지 않는다』 『무덤을 맴도는 이유』 『따뜻한 흙』 『생의 빛살』 등이 있음.

채호기 1957년 대구 출생. 1988년 『창작과비평』으로 등단. 시집 『지독한 사랑』 『슬픈 게이』 『밤의 공중전화』 『수련』 『손가락이 뜨겁다』 『레슬링 질 수밖에 없는』 등이 있음.

김기택 1957년 경기 안양 출생. 1989년 『한국일보』 신춘문예로 등단. 시집 『태아의 잠』 『바늘구멍 속의 폭풍』 『사무원』 『소』 『껌』 『갈라진다 갈라진다』 등이 있음.

나희덕 1966년 충남 논산 출생. 1989년 『중앙일보』 신춘문예로 등단. 시집 『뿌리에게』 『그 말이 잎을 물들였다』 『그곳이 멀지 않다』 『어두워진다는 것』 『사라진 손바닥』 『야생사과』 『말들이 돌아오는 시간』 등이 있음.

차창룡 1966년 전남 곡성 출생. 1989년 『문학과사회』에 시를 발표하고, 1994년 『세계일보』 신춘문예 문학평론 부문에 당선되어 등단. 시집 『해가 지지 않는 쟁기질』 『미리 이별을 노래하다』 『나무 물고기』 『고시원은 괜찮아요』 『벼랑 위의 사랑』 등이 있음.

이정록 1964년 충남 홍성 출생. 1989년 『대전일보』 신춘문예, 1993년 『동아일보』 신춘문예에 각각 시가 당선되어 등단. 시집 『벌레의 집은 아늑하다』 『풋사과의 주름살』 『버드나무 껍질에 세들고 싶다』 『제비꽃 여인숙』 『의자』 『정말』 『어머니학교』 『아버지학교』 『눈에 넣어도 아프지 않은 것들의 목록』 『까짓것』 등이 있음.

박라연 1951년 전남 보성 출생. 1990년 『동아일보』 신춘문예로 등단. 시집 『서울에 사는 평강공주』 『생밤 까주는 사람』 『너에게 세들어 사는 동안』 『공중 속의 내 정원』 『우주 돌아가셨다』 『빛의 사서함』 『노랑나비로 번지는 오후』 등이 있음.

함성호 1963년 강원 속초 출생. 1990년 『문학과사회』로 등단. 시집 『56억 7천만 년의 고독』 『성 타즈마할』 『너무 아름다운 병』 『키르티무카』 등이 있음.

이윤학 1965년 충남 홍성 출생. 1990년 『한국일보』 신춘문예로 등단. 시집 『먼지의 집』 『붉은 열매를 가진 적이 있다』 『나를 위해 울어주는 버드나무』 『아픈 곳에 자꾸 손이 간다』 『꽃 막대기와 꽃뱀과 소녀와』 『그림자를 마신다』 『너는 어디에도 없고 언제나 있다』 『나를 울렸다』 『짙은 백야』 등이 있음.

이진명 1955년 서울 출생. 1990년 『작가세계』로 등단. 시집 『밤에 용서라는 말을 들었다』 『집에 돌아갈 날짜를 세어보다』 『단 한 사람』 『세워진 사람』 등이 있음.

김중식 1967년 인천 출생. 1990년 『문학사상』으로 등단. 시집 『황금빛 모서리』가 있음.

최정례 1955년 경기 화성 출생. 1990년 『현대시학』으로 등단. 시집 『내 귓속의 장대나무 숲』 『햇빛 속에 호랑이』 『붉은 밭』 『레바논 감정』 『캥거루는 캥거루고 나는 나인데』 『개천은 용의 홈타운』 등이 있음.

조용미 1962년 경북 고령 출생. 1990년 『한길문학』으로 등단. 시집 『불안은 영혼을 잠식한다』 『일만 마리 물고기가 산을 날아오르다』 『삼베옷을 입은 자화상』 『나의 별서에 핀 앵두나무는』 『기억의 행성』 『나의 다른 이름들』 등이 있음.

박형준 1966년 전북 정읍 출생. 1991년 『한국일보』 신춘문예로 등단. 시집 『나는 이제 소멸에 대해서 이야기하련다』 『빵냄새를 풍기는 거울』 『물속까지 잎사귀가 피어 있다』 『춤』 『생각날 때마다 울었다』 『불탄 집』 등이 있음.

김태동 1965년 경북 안동 출생. 1991년 『문학과사회』로 등단. 시집 『청춘』이 있음.

이 원 1968년 경기 화성 출생. 1992년 『세계의 문학』으로 등단. 시집 『그들이 지구를 지배했을 때』 『야후!의 강물에 천 개의 달이 뜬다』 『세상에서 가장 가벼운 오토바이』 『불가능한 종이의 역사』 등이 있음.

김소연 1993년 『현대시사상』로 등단. 시집 『극에 달하다』 『빛들의 피곤이 밤을 끌어당긴다』 『눈물이라는 뼈』 『수학자의 아침』 등이 있음.

이수명 1965년 서울 출생. 1994년 『작가세계』로 등단. 시집 『새로운 오독이 거리를 메웠다』 『왜가리는 왜가리놀이를 한다』 『붉은 담장의 커브』 『고양이 비디오를 보는 고양이』 『언제나 너무 많은 비들』 『마치』 등이 있음.

성기완 1967년 서울 출생. 1994년 『세계의 문학』으로 등단. 시집 『쇼핑 갔다 오십니까?』 『유리 이야기』 『당신의 텍스트』 『ㄹ』 등이 있음.

문태준 1970년 경북 김천 출생. 1994년 『문예중앙』 신인문학상으로 등단. 시집 『수런거리는 뒤란』 『맨발』 『가재미』 『그늘의 발달』 『먼 곳』 『우리들의 마지막 얼굴』 등이 있음.

이장욱 1994년 『현대문학』으로 등단. 시집 『내 잠 속의 모래산』 『정오의 희망곡』 『생년월일』 『영원이 아니라서 가능한』 등이 있음.

김선우 1970년 강원도 강릉 출생. 1996년 『창작과비평』으로 등단. 시집 『내 혀가 입 속에 갇혀 있길 거부한다면』 『도화 아래 잠들다』 『내 몸속에 잠든 이 누구신가』 『나의 무한한 혁명에게』 『녹턴』 등이 있음.

이기성 1966년 서울 출생. 1998년 『문학과사회』로 등단. 시집 『불쑥 내민 손』 『타일의 모든 것』 『채식주의자의 식탁』이 있음.

김행숙 1970년 서울 출생. 1999년 『현대문학』으로 등단. 시집 『사춘기』 『이별의 능력』 『타인의 의미』 『에코의 초상』 등이 있음.

진은영 2000년 『문학과사회』로 등단. 시집 『일곱 개의 단어로 된 사전』 『우리는 매일매일』 『훔쳐가는 노래』 등이 있음.

이성미 2001년 『문학과사회』로 등단. 시집 『너무 오래 머물렀을 때』 『칠 일이 지나고 오늘』이 있음.

김이듬 1969년 경남 진주 출생. 2001년 『포에지』로 등단. 시집 『별 모양의 얼룩』 『명랑하라 팜 파탈』 『말할 수 없는 애인』 『베를린, 달렘의 노래』 『히스테리아』 등이 있음.

하재연 2002년 『문학과사회』로 등단. 시집 『라디오 데이즈』 『세계의 모든 해변처럼』이 있음.

문학과지성 시인선

001 – 500

1	나는 바퀴를 보면 굴리고 싶어진다	황동규
2	안 보이는 사랑의 나라	마종기
3	나는 별아저씨	정현종
4	왕자가 아닌 한 아이에게	오규원
5	명궁	윤후명
6	모기들은 혼자서도 소리를 친다	김형영
7	무인도를 위하여	신대철
8	투명한 속	이하석
9	동두천	김명인
10	우리를 적시는 마지막 꿈	김광규
11	메이비	장영수
12	제주바다	문충성
13	뒹구는 돌은 언제 잠 깨는가	이성복
14	겨울 기도	정대구
15	바람이 바람을 불러 바람 불게 하고	최석하
16	이 시대의 사랑	최승자
17	또 다른 별에서	김혜순
18	여울목 비오리	김영태
19	이 땅에 씌어지는 서정시	오규원
20	섬에서 부른 마지막 노래	문충성
21	나를 깨우는 우리들 사랑	정인섭
22	작은 마을에서	최하림
23	신들의 옷	안수환
24	우울한 비상의 꿈	이태수
25	작아지는 너에게	홍영철
26	불꽃놀이	박이도
27	꿈꾸는 섬	송수권
28	시간은 이미 더 높은 곳에서	장영수
29	아니다 그렇지 않다	김광규
30	이 시대의 아벨	고정희
31	우리들의 왕	서원동
32	새들도 세상을 뜨는구나	황지우
33	네 사람의 얼굴	윤금초 외
34	살풀이	홍희표
35	김씨의 옆 얼굴	이하석
36	지상의 인간	박남철
37	아름다운 사냥	박덕규

38	떨어져도 튀는 공처럼	정현종
39	우리 이웃 사람들	홍신선
40	즐거운 일기	최승자
41	그리운 주막	박태일
42	대꽃	최두석
43	전쟁과 평화	이기철
44	아버지가 세운 허수아비	김혜순
45	나는 조국으로 가야겠다	백학기
46	고슴도치의 마을	최승호
47	그림자 없는 시대	이영유
48	앵무새의 혀	김현 엮음
49	무지리 사람들	정대구
50	크낙산의 마음	김광규
51	내 손금에서 자라나는 무지개	문충성
52	남해 금산	이성복
53	악어를 조심하라고?	황동규
54	결혼식과 장례식	김영태
55	모여서 사는 것이 어디 갈대들뿐이랴	마종기
56	당신의 방	이승훈
57	물 속의 푸른 방	이태수
58	조국의 달	이세방
59	다른 하늘이 열릴 때	김형영
60	가끔은 주목받는 생이고 싶다	오규원
61	저 들꽃들이 피어 있는	안수환
62	나비 같은, 아니아니, 빛 같은	장영수
63	물구나무서기	최석하
64	지리산의 봄	고정희
65	프리지아꽃을 들고	권혁진
66	사랑의 탐구	이승하
67	모자 속의 시들	박상배
68	떠나도 떠날 곳 없는 시대에	문충성
69	새는 하늘을 자유롭게 풀어놓고	황인숙
70	오장원의 가을	복거일
71	머나먼 곳 스와니	김명인
72	천로역정, 혹은	김정웅
73	좀팽이처럼	김광규
74	본동에 내리는 비	윤중호

75	얼음시집	송재학
76	칼과 흙	김준태
77	너는 왜 열리지 않느냐	홍영철
78	기억의 집	최승자
79	무진 일기	정인섭
80	입 속의 검은 잎	기형도
81	꿈에도 별은 찬밥처럼	이창기
82	다시 시작하는 나비	김정란
83	가을 악견산	박태일
84	세월의 거지	김갑수
85	물음표를 위하여	강창민
86	그 여름의 끝	이성복
87	성에꽃	최두석
88	비디오/천국	하재봉
89	온다던 사람 오지 않고	이재무
90	슬픔이 나를 깨운다	황인숙
91	폭우와 어둠 저 너머 시	한택수
92	안 보이는 너의 손바닥 위에	이태수
93	아니리	김광규
94	방아깨비의 꿈	문충성
95	서울 세노야	곽재구
96	우리들의 음화	김혜순
97	게 눈 속의 연꽃	황지우
98	서울에 사는 평강공주	박라연
99	시집	정남식
100	길이 끝난 곳에서 길은 다시 시작되고	김주연 엮음
101	몰운대행	황동규
102	사랑의 감옥	오규원
103	정선 아리랑	박세현
104	바람부는 날이면 압구정동에 가야 한다	유 하
105	태아의 잠	김기택
106	그 나라 하늘빛	마종기
107	속이 보이는 심연으로	최하림
108	붕붕거리는 추억의 한때	장석주
109	강 깊은 당신 편지	김윤배
110	햇빛이 있다	김휘승
111	열애 일기	한승원

112 새떼들에게로의 망명 장석남
113 두만강 여울 소리 김정호 외
114 한 꽃송이 정현종
115 기다림이 끝나는 날에도 김형영
116 그 바보들은 더욱 바보가 되어간다 이동순
117 첫사랑 강인봉
118 혼자 가는 먼 집 허수경
119 지독한 사랑 채호기
120 서울 1992년 겨울 이세방
121 측백나무 울타리 이하석
122 열 손가락에 달을 달고 이준관
123 운주사 가는 길 임동확
124 56억 7천만 년의 고독 함성호
125 먼지의 집 이윤학
126 지상에서 부르고 싶은 노래 이기철
127 꿈속의 사닥다리 이태수
128 호랑가시나무의 기억 이성복
129 프란체스코의 새들 고진하
130 황금빛 모서리 김중식
131 미시령 큰바람 황동규
132 설문대할망 문충성
133 내 무덤, 푸르고 최승자
134 금강에서 윤중호
135 사자 도망간다 사자 잡아라 장경린
136 생밤 까주는 사람 박라연
137 무늬 이시영
138 물길 김광규
139 가야 할 곳 안수환
140 나의 우파니샤드, 서울 김혜순
141 굴욕은 아름답다 김윤배
142 푸른빛과 싸우다 송재학
143 해가 지지 않는 쟁기질 차창룡
144 나는 이제 소멸에 대해서 이야기하련다 박형준
145 신성한 숲 조정권
146 푸른 강아지와 놀다 김명인
147 우리는 철새처럼 만났다 황인숙
148 10년 동안의 빈 의자 송찬호

149 벽을 문으로 임동확
150 슬픈 게이 채호기
151 바늘구멍 속의 폭풍 김기택
152 집에 돌아갈 날짜를 세어보다 이진명
153 길, 골목, 호텔 그리고 강물 소리 오규원
154 네 속의 나 같은 칼날 강유정
155 약쑥 개쑥 박태일
156 지금은 간신히 아무도 그립지 않을 무렵 장석남
157 치명적인 것들 박청호
158 소음에 대한 보고 엄원태
159 붉은 열매를 가진 적이 있다 이윤학
160 사랑은 늘 혼자 깨어 있게 하고 한승원
161 세상의 나무들 정현종
162 그의 집은 둥글다 이태수
163 생명에서 물건으로 이승하
164 바다로 가는 서른세번째 길 박용하
165 대담한 정신 양진건
166 누군가 그의 잠을 빌려 심재상
167 남몰래 흐르는 눈물 김영태
168 가슴속을 누가 걸어가고 있다 홍영철
169 홀로 서서 별들을 바라본다 이영유
170 다시 쓸쓸한 날에 강윤후
171 긴 사랑 나해철
172 세운상가 키드의 사랑 유 하
173 글자 속에 나를 구겨넣는다 이선영
174 극장이 너무 많은 우리 동네 성윤석
175 치약산 박세현
176 그리운 102 원재훈
177 시를 쓰기 위하여 김연신
178 화려한 망사버섯의 정원 김신영
179 크고 헐렁헐렁한 바지 장석주
180 그들이 지구를 지배했을 때 이 원
181 금요일엔 먼데를 본다 이하석
182 희귀식물 엄지호 최석하
183 무덤을 맴도는 이유 조 은
184 황사바람 속에서 홍신선
185 죽은 자를 위한 기도 남진우

186 말괄량이 삐삐의 죽음 윤의섭
187 아직도 낯선 길가에 서성이다 유진택
188 중심이 푸르다 이나명
189 너에게 세들어 사는 동안 박라연
190 처형극장 강 정
191 풋사과의 주름살 이정록
192 극에 달하다 김소연
193 이슬의 눈 마종기
194 바닷가의 장례 김명인
195 따뜻한 말 속에 욕망이 숨어 있다 김윤배
196 외계인 황동규
197 새벽달처럼 김형영
198 이생이 담 안을 엿보다 이창기
199 불쌍한 사랑 기계 김혜순
200 시야 너 아니냐 성민엽·정과리 엮음
201 밤의 공중전화 채호기
202 개들의 예감 연왕모
203 빠지지 않는 반지 김길나
204 그런 의미에서 임후성
205 안동 시편 이태수
206 바닷가에서 보낸 한 철 문충성
207 사람들 사이에 꽃이 필 때 최두석
208 성 타즈마할 함성호
209 부드러운 감옥 이경임
210 카프카의 집 신중신
211 유리의 나날 이기철
212 옷걸이에 걸린 양 주창윤
213 쇼핑 갔다 오십니까? 성기완
214 가진 것 하나도 없지만 김광규
215 모험의 왕과 코코넛의 귀족들 서정학
216 나의 침울한, 소중한 이여 황인숙
217 식탁 위의 얼굴들 이철성
218 굴참나무숲에서 아이들이 온다 최하림
219 벌거벗은 자의 생을 위한 주머니 속의 시작 메모 배신호
220 어느 날 나는 흐린 주점에 앉아 있을 거다 황지우
221 버드나무 껍질에 세들고 싶다 이정록
222 나비를 보는 고통 박찬일

223 토마토는 붉다 아니 달콤하다 오규원
224 청춘 김태동
225 시인의 바깥에서 김연신
226 갈증이며 샘물인 정현종
227 노을 아래서 파도를 줍다 한승원
228 날다람쥐가 찾는 달빛 유진택
229 길의 침묵 김명인
230 아무렇지도 않게 맑은 날 진동규
231 평범에 바치다 이선영
232 나는 식물성이다 김규린
233 비 잠시 그친 뒤 허형만
234 지평선에 서서 김준태
235 내 마음의 풍란 이태수
236 영혼의 북쪽 박용하
237 그 나무는 새들을 품고 있다 이나명
238 버클리풍의 사랑 노래 황동규
239 붉은 눈, 동백 송찬호
240 일광욕하는 가구 최영철
241 아픈 곳에 자꾸 손이 간다 이윤학
242 그늘 반근 김영태
243 달력 공장 공장장님 보세요 김혜순
244 타오르는 책 남진우
245 발자국들이 남긴 길 고창환
246 한없는 밑바닥에서 장영수
247 공중 속의 내 정원 박라연
248 5분의 추억 윤병무
249 개마고원에서 온 친구에게 신대철
250 천일마화 유 하
251 해가 뜨다 김정환
252 허공 문충성
253 오늘 밤 잠들 곳이 마땅찮다 김점용
254 풍경 뒤의 풍경 최하림
255 야후!의 강물에 천 개의 달이 뜬다 이 원
256 아껴 먹는 슬픔 유종인
257 나이 들어가는 아내를 위한 자장가 복거일
258 부론에서 길을 잃다 김윤배
259 너무 아름다운 병 함성호

260 거미는 이제 영영 돼지를 만나지 못한다 김 중
261 황홀한 숲 조인선
262 바다의 아코디언 김명인
263 풀나라 박태일
264 수련 채호기
265 불멸의 샘이 여기 있다 김명리
266 새들의 꿈에서는 나무 냄새가 난다 마종기
267 나무 물고기 차창룡
268 우연에 기댈 때도 있었다 황동규
269 꽃 막대기와 꽃뱀과 소녀와 이윤학
270 둥근 밀떡에서 뜨는 해 김길나
271 처음 만나던 때 김광규
272 검객의 칼끝 이영유
273 꽃에게 길을 묻는다 최두석
274 발아래 비의 눈들이 모여 나를 씻을 수 있다면 이 찬
275 아, 입이 없는 것들 이성복
276 일곱 개의 단어로 된 사전 진은영
277 유리 이야기 성기완
278 사춘기 김행숙
279 넌 도돌이표다 심재상
280 따뜻한 흙 조 은
281 자명한 산책 황인숙
282 이 달콤한 감각 배용제
283 삼베옷을 입은 자화상 조용미
284 수도원 가는 길 조창환
285 이슬방울 또는 얼음꽃 이태수
286 시인, 시인들 김연신
287 카프카와 만나는 잠의 노래 박주택
288 한 잔의 붉은 거울 김혜순
289 고양이 비디오를 보는 고양이 이수명
290 그 바람을 다 걸어야 한다 신용목
291 사라진 손바닥 나희덕
292 낮은 수평선 김형영
293 불쑥 내민 손 이기성
294 소 김기택
295 누군가 다녀갔듯이 김영태
296 번개를 치다 정병근

297 나라고 할 만한 것이 없다 이창기
298 철갑 고래 뱃속에서 정남식
299 너무 오래 머물렀을 때 이성미
300 쨍한 사랑 노래 박혜경·이광호 엮음
301 새와 나무와 새똥 그리고 돌멩이 오규원
302 파문 김명인
303 교우록 유종인
304 미소는, 어디로 가시려는가 장석남
305 고향 길 윤중호
306 바다 속의 흰머리뫼 박남철
307 붉은 달은 미친 듯이 궤도를 돈다 윤의섭
308 그림자를 마신다 이윤학
309 청동의 시간 감자의 시간 허수경
310 토종닭 연구소 장경린
311 아나키스트 장석원
312 꽃의 고요 황동규
313 의자 이정록
314 어둠과 설탕 이승원
315 정오의 희망곡 이장욱
316 푸른 밤의 여로 김영남
317 꽃과 숨기장난 서상영
318 레바논 감정 최정례
319 것들 이하석
320 가재미 문태준
321 새벽 세 시의 사자 한 마리 남진우
322 흑백 이준규
323 우리는 서로 부르고 있는 것일까 마종기
324 호루라기 최영철
325 그가 말했다 장영수
326 호주머니 속의 시 임선기
327 라디오 데이즈 하재연
328 백 년 동안 내리는 눈 문충성
329 새떼를 베끼다 위선환
330 나는 나를 묻는다 이영유
331 혹독한 기다림 위에 있다 김윤배
332 바이칼 키스 신대철
333 시간의 부드러운 손 김광규

334 세상에서 가장 가벼운 오토바이 이 원
335 내 몸속에 잠든 이 누구신가 김선우
336 이별의 능력 김행숙
337 트랙과 들판의 별 황병승
338 나의 별서에 핀 앵두나무는 조용미
339 피아노 최하연
340 명랑하라 팜 파탈 김이듬
341 리스본행 야간열차 황인숙
342 두두 오규원
343 너는 어디에도 없고 언제나 있다 이윤학
344 귀한 매혹 양진건
345 당신의 첫 김혜순
346 슬픔이 없는 십오 초 심보선
347 음악처럼 스캔들처럼 이민하
348 달 긷는 집 한승원
349 당신의 텍스트 성기완
350 그늘의 발달 문태준
351 우리는 매일매일 진은영
352 광휘의 속삭임 정현종
353 키스 강 정
354 기담 김경주
355 회화나무 그늘 이태수
356 태양의 연대기 장석원
357 빛의 사서함 박라연
358 기다린다는 것에 대하여 정일근
359 고양이가 돌아오는 저녁 송찬호
360 우연을 점 찍다 홍신선
361 손가락이 뜨겁다 채호기
362 우리들의 진화 이근화
363 비파 소년이 사라진 거리 이철성
364 오후 여섯 시에 나는 가장 길어진다 신영배
365 생물성 신해욱
366 나무 안에서 김형영
367 꽃차례 김명인
368 시간의 동공 박주택
369 눈물이라는 뼈 김소연
370 그녀가 처음, 느끼기 시작했다 김민정

371	두근거리다	위선환
372	쓸쓸해서 머나먼	최승자
373	찬란	이병률
374	생의 빛살	조 은
375	상처적 체질	류 근
376	하늘의 맨살	마종기
377	마네킹과 천사	조창환
378	노래	조인선
379	지도에 없는 집	곽효환
380	찔러본다	최영철
381	비탈의 사과	연왕모
382	어떤 선물은 피를 요구한다	최치언
383	메롱메롱 은주	김점용
384	소문들	권혁웅
385	타일의 모든 것	이기성
386	토마토가 익어가는 계절	이준규
387	가을 파로호	김영남
388	키르티무카	함성호
389	경쾌한 유랑	이재무
390	하루 또 하루	김광규
391	말할 수 없는 애인	김이듬
392	삶이라는 직업	박정대
393	오늘 아침 단어	유희경
394	생각날 때마다 울었다	박형준
395	기억의 행성	조용미
396	허물어버린 집	문충성
397	눈앞에 없는 사람	심보선
398	겨울 숲으로 몇 발자국 더	이경임
399	언제나 너무 많은 비들	이수명
400	내 생의 중력	홍정선·강계숙 엮음
401	슬픔치약 거울크림	김혜순
402	클로로포름	송승환
403	캥거루는 캥거루고 나는 나인데	최정례
404	사랑이라는 재촉들	유종인
405	나를 울렸다	이윤학
406	죽은 눈을 위한 송가	이이체
407	세계의 모든 해변처럼	하재연

408 역진화의 시작 장석원
409 몰아 쓴 일기 박성준
410 에듀케이션 김승일
411 내가 원하는 천사 허 연
412 차가운 잠 이근화
413 나는 미남이 사는 나라에서 왔어 이우성
414 얼룩의 탄생 김선재
415 안개주의보 이용임
416 아무 날의 도시 신용목
417 갈라진다 갈라진다 김기택
418 불가능한 종이의 역사 이 원
419 여기 수선화가 있었어요 홍영철
420 처럼처럼 최규승
421 래여애반다라 이성복
422 사는 기쁨 황동규
423 신호대기 류인서
424 느낌 씨가 오고 있다 황혜경
425 곰아 곰아 진동규
426 슬프다 할 뻔했다 구광렬
427 팅커벨 꽃집 최하연
428 육체쇼와 전집 황병승
429 여행자 나무 김명인
430 단지 조금 이상한 강성은
431 모두가 움직인다 김 언
432 곡옥 김명수
433 물속의 피아노 신영배
434 눈사람 여관 이병률
435 하얀 별 김영산
436 또 하나의 지구가 필요할 때 박주택
437 수학자의 아침 김소연
438 서랍에 저녁을 넣어 두었다 한 강
439 고단 윤병무
440 칠 일이 지나고 오늘 이성미
441 슬픔의 뼈대 곽효환
442 말들이 돌아오는 시간 나희덕
443 레슬링 질 수밖에 없는 채호기
444 네모 이준규

445 고래와 수증기 김경주
446 syzygy 신해욱
447 멍게 성윤석
448 차가운 사탕들 이영주
449 양들의 사회학 김지녀
450 마치 이수명
451 식물의 밤 박진성
452 당신이 어두운 세수를 할 때 김 근
453 글로리홀 김 현
454 히스테리아 김이듬
455 에코의 초상 김행숙
456 밤의 입국 심사 김경미
457 침묵의 결 이태수
458 수평을 가리키다 위선환
459 땅을 여는 꽃들 김형영
460 왜냐하면 우리는 우리를 모르고 이제니
461 햇빛 박지혜
462 화류 정 영
463 말뚝에 묶인 피아노 서영처
464 철과 오크 송승언
465 비 원구식
466 그림자에 불타다 정현종
467 마흔두 개의 초록 마종기
468 다정 배용제
469 채식주의자의 식탁 이기성
470 연애 간 이하석
471 푸른빛의 비망록 장영수
472 아이를 낳았지 나 갖고는 부족할까 봐 임승유
473 검은색 송재학
474 ㅅㅜㅍ 김소형
475 세상의 모든 비밀 이민하
476 오른손이 아픈 날 김광규
477 잘 모르는 사이 박성준
478 오십 미터 허 연
479 분홍 나막신 송찬호
480 피어라 돼지 김혜순
481 가능세계 백은선

482 인간이 버린 사랑 이이체
483 녹턴 김선우
484 마지막 사랑 노래 문충성
485 빈 배처럼 텅 비어 최승자
486 영원이 아니라서 가능한 이장욱
487 질은 백야 이윤학
488 유에서 유 오 은
489 어떻게든 이별 류 근
490 누구도 기억하지 않는 역에서 허수경
491 뜻밖의 바닐라 이혜미
492 못다 한 사랑이 너무 많아서 황인숙
493 연옥의 봄 황동규
494 여수 서효인
495 괴괴한 날씨와 착한 사람들 임솔아
496 새벽에 생각하다 천양희
497 그 숲에서 당신을 만날까 신영배
498 동네에서 제일 싼 프랑스 서정학
499 오늘은 잘 모르겠어 심보선
500 내가 그대를 불렀기 때문에 오생근·조연정 엮음